紅樓夢

校注

卷1

第一回至第一五回

曹雪芹
高鶚

紅樓夢

編者序

人人出版公司推出《人人文庫》系列，第一套就是中國古典長篇章回小說《紅樓夢》。書內提及的書名，還有《情僧錄》、《風月寶鑒》、《金陵十二釵》，乾隆四十九年甲辰（一七八四年）夢覺主人序本題為《紅樓夢》（甲辰夢序抄本）。一七九一年在第一次活字印刷後（程甲本），《紅樓夢》便取代《石頭記》而成為通行的書名。本書前八十回以庚辰本為底本，後四十回以程甲本為底本。

《紅樓夢》原本共一百二十回，但後四十回失傳。紅學家周汝昌先生則認為《紅樓夢》原著共一〇八回，現存八十回，後二十八回迷失。現今學界普遍認為通行本前八十回為曹雪芹所作，後四十回不知為何人所作。但民間普遍認為為高鶚所作，另有一說為高鶚、程偉元二人合作著續。

關於作者曹雪芹，從其生卒年、字號到祖籍為何，已爭論數十年。曹雪芹姓曹名霑，字夢阮，號芹溪居士。但有的研究者認為他的字是「芹圃」，號雪芹。關於他的生卒年，一般認為約在一七一五年（康熙五十四年乙未）到一七六三年（乾隆二十八年癸未除夕）之間。

關於曹雪芹的籍貫，也有兩種說法，主要以祖籍遼陽，後遷瀋陽，上祖曹振彥原是明代駐守遼東的下級軍官，後隨清兵入關，歸入多爾袞屬下的滿洲正白旗，當了佐領。此後，曹振彥之媳，即曹璽之妻孫氏當了康熙的保母。曹璽曾任江寧織造，病故後由其子曹寅任蘇州織造、江寧織造、兩淮巡鹽御使等職，康熙並命纂刻《全唐詩》、《佩文韻府》等書於揚州。曹寅病故後，康熙特命其胞弟曹荃之子曹頫過繼給曹寅，並繼任織造之職，直至雍正五年，曹頫被抄家敗落，曹家在江南祖孫三代共歷六十餘年。

曹雪芹出生於南京，六歲時曹家抄沒後才全家遷回北京。據紅學家的考證，他後來落魄住到西郊，晚年窮困，《紅樓夢》前八十回在他去世前已傳抄行世，書的後半部分應已完成，不知何故未能問世，始終是個謎。

《紅樓夢》描寫宮廷與官場的黑暗，貴族與世家的腐朽，也讓讀者看見當時的科舉制度、婚姻制度。《紅樓夢》人物形象獨特鮮明，故事情節結構也有別於以往小說單線發展的傳統，創造出一個宏大完整的篇幅。《紅樓夢》的語言藝術成就，更攀向我國古典小說的高峰。

書中有關典章制度名物典故及難解之語詞，我們將盡力作成注釋。段落排法也有別於一般，期使讀者能輕鬆閱讀，輕鬆品味。

【目次】

紅樓夢

第一回至第一五回

卷 1

第1回

原來女媧煉石補天之時，
單單剩了一塊未用，
棄於大荒山無稽崖青埂峰下。
一日，一僧一道來至峰下高談快論，
此石聽了無限神往……

第2回

巡鹽御史林如海，其妻賈敏一疾而終，
只有一女怯弱多病。
話說金陵地界有寧榮二府，
榮府賈政公有兒銜玉出生，
名喚寶玉……

第3回

林如海托賈雨村將弱女黛玉送往金陵，
依傍外祖母度日。到了榮府，
只見一位鬢髮如銀的老母迎上來，
一把摟住黛玉心肝兒肉叫著大哭起來……

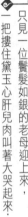

◎第一回◎

甄士隱夢幻識通靈

賈雨村風塵懷閨秀

…列位看官：你道此書從何而來？說起根由，雖近荒唐，細按則深有趣味。待在下將此來歷注明，方使閱者了然不惑。

…原來女媧氏煉石補天[1]之時，於大荒山無稽崖[2]煉成高經十二丈、方經二十四丈頑石三萬六千五百零一塊。媧皇氏只用了三萬六千五百塊，只單單剩了一塊未用，便棄在此山青埂峰下。

誰知此石自經煅煉之後，靈性已通，因見眾石俱得補天，獨自己無材不堪入選，遂自怨自嘆，日夜悲號慚愧。

…一日，正當嗟悼之際，俄見一僧一道遠

遠而來，生得骨格不凡，豐神迥異，說說笑笑，來至峰下，坐於石邊高談快論。先是說些雲山霧海神仙玄幻之事，後便說到紅塵中榮華富貴。

此石聽了，不覺打動凡心，也想要到人間去享一享這榮華富貴；但自恨粗蠢，不得已，便口吐人言，向那僧道說道：「大師，弟子蠢物，不能見禮了。適聞二位談那人世間榮耀繁華，心切慕之。弟子質雖粗蠢，性卻稍通，況見二師仙形道體，定非凡品，必有補天濟世之材，利物濟人之德。如蒙發一點慈心，攜帶弟子得入紅塵，在那富貴場中、溫柔鄉裡受享幾年，自當永佩洪恩，萬劫不忘也。」

二仙師聽畢，齊憨笑道：「善哉，善哉！那紅塵中有卻有些樂事，但不能永遠依恃；況又有『美中不足，好事多磨』八個字緊相連屬，瞬息間則又樂極悲生，人非物換，究竟是到頭一夢，萬境歸空，倒不如不去的好。」

1. 女媧氏煉石補天—— 古代神話傳說，女媧氏用五色石以補蒼天，斷鰲足以立四極。

2. 大荒山無稽崖—— 大荒山此寓「荒唐」之意。無稽崖和後文「青埂峰」，均作者虛擬，分別寓有「無稽」、「情根」之意。

…這石凡心已熾，那裡聽得進這話去，乃復苦求再四。二仙知不可強制，乃嘆道：「此亦靜極思動，無中生有之數也。既如此，我們便攜你去受享受享，只是到不得意時，切莫後悔！」石道：「自然，自然。」

那僧又道：「若說你性靈，卻又如此質蠢，並更無奇貴之處。如此也只好踮腳而已。也罷！我如今大施佛法助你助，待劫終之日，復還本質，以了此案。你道好否？」石頭聽了，感謝不盡。

那僧便念咒書符，大展幻術，將一塊大石登時變成一塊鮮明瑩潔的美玉，且又縮成扇墜[3]大小的可佩可拿。那僧托於掌上，笑道：形體倒也是個寶物了！還只沒有實在的好處，須得再鐫上數字，使人一見便知是奇物方妙。然後好攜你到那昌明隆盛之邦、詩禮簪纓[4]之族、花柳繁華地、溫柔富貴鄉去安身樂業。

3. 扇墜——懸於扇柄的飾物，多用玉、石製成。

4. 詩禮簪纓——指書香門第之家。**纓**，貴族的冠飾，此代指作官。**簪**，一種橫插髻上或連接冠與髻的長針。

石頭聽了，喜不能禁，乃問：「不知賜了弟子那哪幾件奇處？又不知攜了弟子到何地方？望乞明示，使弟子不惑。」那僧笑道：「你且莫問，日後自然明白的。」說著，便袖了這石，同那道人飄然而去，竟不知投奔何方何舍。

……後來，又不知過了幾世幾劫，因有個空空道人訪道求仙，從這大荒山無稽崖青埂峰下經過，忽見一大塊石上字跡分明，編述歷歷。空空道人乃從頭一看，原來就是無材補天，幻形入世，蒙茫茫大士、渺渺真人攜入紅塵，歷盡離合悲歡、炎涼世態的一段故事。後面又有一首偈云：

無材可去補蒼天，枉入紅塵若許年。
此係身前身後事，倩誰記去作奇傳？

詩後便是此石墜落之鄉，投胎之處，親自經歷的一段陳跡故事。其中家庭閨閣瑣事，以及閒情詩詞倒還全備，或可適趣解悶；然朝代年紀、地輿邦國卻反失落無考。

……空空道人遂向石頭說道：「石兄，你這一段故事，據你自己說有些趣味，故編寫在此，意欲問世傳奇。」

「據我看來：第一件，無朝代年紀可考；第二件，並無大賢大忠理朝廷治風俗的善政，其中只不過幾個異樣女子，或情或痴，或小才微善，亦無班姑、蔡女之德能[5]。我縱抄去，恐世人不愛看呢！」

石頭笑答道：「我師何太痴耶！若云無朝代可考，今我師竟借漢、唐等年紀添綴，又有何難？但我想，歷來野史[6]，皆蹈一轍，莫如我這不借此套者，反倒新奇別緻。不過只取其事體情理罷了，又何必拘拘於朝代年紀哉！」

「再者，市井俗人喜看理治之書者甚少，愛適趣閒文者特多。

5. 班姑蔡女——**班姑**，即班昭，東漢史學家班固之妹，曾參與續《漢書》。和帝時擔任宮廷教師，號稱「大家(姑)」，故稱。編有《女誡》七篇，為婦德典範。**蔡女**，指蔡文姬，東漢文學家蔡邕之女，博學多才，精通音律。

6. 此指小說。

歷來野史，或訕謗君相，或貶人妻女，姦淫凶惡，不可勝數。更有一種風月筆墨，其淫穢汙臭，屠毒筆墨，壞人子弟，又不可勝數。

「至若佳人才子等書，則又千部共出一套，且其中終不能不涉於淫濫，以致滿紙潘安、子建、西子、文君。不過作者要寫出自己的那兩首情詩豔賦來，故假擬出男女二人名姓，又必旁出一小人其間撥亂，亦如劇中之小丑然。且鬟婢開口即者也之乎，非文即理。

「故逐一看去，悉皆自相矛盾、大不近情理之話，竟不如我半世親睹親聞的這幾個女子，雖不敢說強似前代書中所有之人，但事蹟原委，亦可以消愁破悶；也有幾首歪詩熟話，可以噴飯供酒。至若離合悲歡，興衰際遇，則又追蹤躡跡，不敢稍加穿鑿，徒為供人之目而反失其真傳者。今之人，貧者日為衣食所累，富者又懷不足之心；縱然一時稍閒，又有貪淫戀色、好貨尋愁之事，哪裡有工夫去看那理治之書！所以，我這一段故事，也不願世人稱奇道妙，也不定要世人喜悅檢讀，只願他們當那醉淫飽臥之時，或避世去愁之際，把此一玩，豈不省了些壽命筋力？就比那謀虛逐妄，卻也省了口舌是非之害、腿腳奔忙之苦。再者，亦令世人換新眼目，不比那些胡牽亂扯，忽離忽遇，滿紙才人淑女、子建、文君、紅娘、小玉[7]等通共熟套之舊稿。我師意為何如？」

……空空道人聽如此說，思忖半晌，將這《石頭記》再檢閱一遍，因見上面雖有些指奸責佞、貶惡誅邪之語，亦非傷時罵世之旨；及至君仁臣良父慈子孝，凡倫常所關之處，皆是稱功頌德，眷眷無窮，實非別書之可比。雖其中大旨談情，亦不過實錄其事，又非假擬妄稱，一味淫邀豔約、私訂偷盟之可比。因毫不干涉時世，方從頭至尾抄錄回來，問世傳奇。

7. 小玉——唐代蔣防《霍小玉傳》的女主角。

從此空空道人因空見色，由色生情，傳情入色，自色悟空，遂易名為情僧，改《石頭記》為《情僧錄》。東魯孔梅溪則題曰《風月寶鑒》[8]。後因曹雪芹於悼紅軒中披閱十載，增刪五次，纂成目錄，分出章回，則題曰《金陵十二釵》[9]，並題一絕云：

滿紙荒唐言，一把辛酸淚！
都云作者痴，誰解其中味？

……出則既明，且看石上是何故事。按那石上書云：

……當日地陷東南，這東南一隅有處曰姑蘇，有城曰閶門[10]者，最是紅塵中一二等富貴風流之地。這閶門外有個十里街，街內有個仁清巷，巷內有個古廟，因地方窄狹，人皆呼作葫蘆廟。廟旁住著一家鄉宦，姓甄名費，字士隱。

8.風月寶鑒——風月，指男女之情。寶鑒，寶鏡。

9.金陵十二釵——金陵，古邑名，在今南京市。釵，本為婦女頭飾，舊稱婦女為裙釵或金釵。十二釵，由第五回「冊子」上所寫的十二個女子而得名。

10.姑蘇，閶門——姑蘇，蘇州的別稱。閶門，蘇州城的西北門，又名破楚門。此處代指蘇州城。

嫡妻封氏，情性賢淑，深明禮義。家中雖不甚富貴，然本地便也推他為望族了。只因這甄士隱稟性恬淡，不以功名為念，每日只以觀花修竹、酌酒吟詩為樂，倒是神仙一流人品。只是一件不足：如今年已半百，膝下無兒，只有一女，乳名英蓮，年方三歲。

……一日，炎夏永晝，士隱於書房閒坐，至手倦拋書，伏几少憩，不覺朦朧睡去。夢至一處，不辨是何地方。忽見那廂來了一僧一道，且行且談。只聽道人問道：「你攜了這蠢物，意欲何往？」

那僧笑道：「你放心，如今現有一段風流公案正該了結。這一干風流冤家[11]，尚未投胎入世。趁此機會，就將此蠢物夾帶於中，使他去經歷經歷。」

那道人道：「原來近日風流冤孽又將造劫歷世去不成？但不知

11. 風流冤家——冤家，原為佛教用語。後作仇人、對頭解，也是對所愛之人的暱稱。「風流冤家」指極相愛戀之男女。

落於何方何處？」

那僧笑道：「此事說來好笑，竟是千古未聞的罕事。只因西方靈河岸上三生石畔，有絳珠草一株，時有赤瑕宮神瑛侍者，日以甘露灌溉，這絳珠草便得久延歲月。

「後來既受天地精華，復得雨露滋養，遂得脫卻草胎木質，得換人形，僅修成個女體，終日遊於離恨天外，飢則食蜜青果為膳，渴則飲灌愁海[12]水為湯。只因尚未酬報灌溉之德，故其五內便鬱結著一段纏綿不盡之意。

「恰近日這神瑛侍者凡心偶熾，乘此昌明太平朝世，意欲下凡造歷幻緣，已在警幻仙子案前掛了號。警幻亦曾問及，灌溉之情未償，趁此倒可了結的。

「那絳珠仙子道：『他是甘露之惠，我並無此水可還。他既下世為人，我也去下世為人，但把我一生所有的眼淚還他，也償還得過他了。』因此一事，就勾出多少風流冤家來，陪他

12. 離恨天、蜜青果、灌愁海——離恨天喻相思苦。蜜青諧「秘情」。灌愁海，喻愁深。皆寓男女之情及其怨恨愁苦。

們去了結此案。」

那道人道：「果是罕聞。實未聞有還淚之說。想來這一段故事，比歷來風月事故更加瑣碎細膩了。」

那僧道：「歷來幾個風流人物，不過傳其大概以及詩詞篇章而已；至家庭閨閣中一飲一食，總未述記。再者，大半風月故事，不過偷香竊玉、暗約私奔而已，並不曾將兒女之真情發洩一二。想這一干人入世，其情痴色鬼、賢愚不肖者，悉與前人傳述不同矣。」

那道人道：「趁此你我何不也去下世度脫[13]幾個，豈不是一場功德？」

那僧道：「正合吾意。你且同我到警幻仙子宮中，將蠢物交割清楚，待這一干風流孽鬼下世已完，你我再去。如今雖已有一半落塵，然猶未全集。」

道人道：「既如此，便隨你去來。」

13. 度脫——佛家用語。超度解脫。

……卻說甄士隱俱聽得明白，但不知所云「蠢物」係何東西。遂不禁上前施禮，笑問道：「二仙師請了。」那僧道也忙答禮相問。士隱因說道：「適聞仙師所談因果，實人世罕聞者。但弟子愚濁，不能洞悉明白，若蒙大開痴頑，備細一聞，弟子則洗耳諦聽，稍能警省，亦可免沉淪[14]之苦。」二仙笑道：「此乃玄機[15]不可預洩者。到那時，只不要忘了我二人，便可跳出火坑矣。」士隱聽了，不便再問，因笑道：「玄機不可預洩，但適云『蠢物』，不知為何，或可一見否？」那僧道：「若問此物，倒有一面之緣。」說著，取出遞與士隱。士隱接了看時，原來是塊鮮明美玉，上面字跡分明，鐫著「通靈寶玉」四字，後面還有幾行小字。正欲細看時，那僧便說已到幻境，便強從手中奪了去，與道人竟過一大石牌坊，上書四個大字，乃是「太虛幻境」。

14. 警省、沉淪——均佛家用語。**警省**，警覺省悟。**沉淪**，指在生死輪迴中永不得解脫。

15. 玄機——道家用語。指玄奧微妙的道理，此處義同天機。

兩邊又有一幅對聯，道是：

假作真時真亦假，無為有處有還無。

⋯⋯士隱意欲也跟了過去，方舉步時，忽聽一聲霹靂，有若山崩地陷。士隱大叫一聲，定睛一看，只見烈日炎炎，芭蕉冉冉，所夢之事，便忘了大半。又見奶母正抱了英蓮走來。士隱見女兒越發生得粉妝玉琢，乖覺可喜，便伸手接來，抱在懷內，逗她玩耍一回；又帶至街前，看那過會的熱鬧。方欲進來時，只見從那邊來了一僧一道。那僧則癩頭跣腳，那道則跛足蓬頭，瘋瘋癲癲，揮霍談笑而至。及至到了他門前，看見士隱抱著英蓮，那僧便大哭起來，又向士隱道：「施主，你把這有命無運、累及爹娘之物，抱在懷內作甚？」士隱聽了，知是瘋話，也不去睬他。那僧還說：「捨我罷，捨我罷！」士隱不耐煩，便抱女兒撤身進去，那僧乃指著他大笑，口內念了四句言詞，道是：

慣養嬌生笑你痴，菱花空對雪澌澌。

好防佳節元宵後，便是煙消火滅時。

……士隱聽得明白，心下猶豫，意欲問他們來歷。只聽道人說：「你我不必同行，就此分手，各幹營生去罷。三劫後，我在北邙山[16]等你，會齊了，同往太虛幻境銷號。」那僧道：「最妙，最妙！」說畢，二人一去再不見個蹤影了。士隱心中此時自忖：這兩個人必有來歷，該試一問，如今悔卻晚也。

……這士隱正痴想，忽見隔壁葫蘆廟內寄居的一個窮儒——姓賈名化，表字時飛，別號雨村者走了出來。這賈雨村原係胡州人氏，也是詩書仕宦之族，因他生於末世，父母祖宗根基已盡，人口衰喪，只剩得他一身一口，在家鄉無益，因進京求

16. **北邙山**—即邙山，在今河南洛陽北，東漢及北魏的王侯公卿多葬於此。後常被用來泛指墓地。

取功名，再整基業。自前歲來此，又淹蹇[17]住了，暫寄廟中安身，每日賣字作文為生，故士隱常與他交接。

當下雨村見了士隱，忙施禮陪笑道：「老先生倚門佇望，敢是街市上有甚新聞否？」

士隱笑道：「非也。適因小女啼哭，引她出來作耍，正是無聊之甚，兄來得正妙，請入小齋一談，彼此皆可消此永晝。」說著，便令人送女兒進去，自與攜了雨村來至書房中。小童獻茶。方談得三五句話，忽家人飛報：嚴老爺來拜。

士隱慌得忙起身謝罪道：「恕誑駕[18]之罪！略坐，弟即來陪。」雨村忙起身亦讓道：「老先生請便，晚生乃常造之客，稍候何妨。」說著，士隱已出前廳去了。

……這裡雨村且翻弄書籍解悶。忽聽得窗外有女子嗽聲，雨村遂起身往窗外一看，原來是一個丫鬟，在那裡擷花。生得儀容

17. 淹蹇——原指境遇困頓，這裡是耽擱、阻礙之意。

18. 誑駕——邀來客人後，因故不能陪待，向客人道歉之詞。

不俗，眉目清明，雖無十分姿色，卻有動人之處。雨村不覺看得呆了。

那甄家丫鬟擷了花，方欲走時，猛抬頭見窗內有人，敝巾舊服，雖是貧窘，然生得腰圓背厚，面闊口方；更兼劍眉星眼，直鼻權腮[19]。這丫鬟忙轉身迴避，心下乃想：「這人生的這樣雄壯，卻又這樣襤褸，想他定是我家主人常說的什麼賈雨村了，每有意幫助周濟，只是沒甚機會。我家並無這樣貧窮親友，想定是此人無疑了。怪道又說他必非久困之人。」如此想來，不免又回頭兩次。

雨村見她回了頭，便自謂這女子心中有意於他，便狂喜不盡，自謂此女子必是個巨眼英雄[20]，風塵中之知己也。

一時小童進來，雨村打聽得前面留飯，不可久待，遂從夾道中自便，出門去了。士隱待客既散，知雨村自便，也不去再邀。

19. 權腮——指人顴骨長得很高，古人認為是貴相。

20. 巨眼英雄——有遠見，能識人才的人。

……一日，早又中秋佳節。士隱家宴已畢，乃又另具一席於書房，卻自己步月至廟中來邀雨村。原來雨村自那日見了甄家之婢曾回顧他兩次，自謂是個知己，便時刻放在心上。今又正值中秋，不免對月有懷，因而口占五言一律云：

未卜三生願，頻添一段愁。
悶來時斂額，行去幾回頭。
自顧風前影，誰堪月下儔？
蟾光如有意，先上玉人樓。

雨村吟罷，因又思及平生抱負苦未逢時，乃又搔首對天長嘆，復高吟一聯云：

玉在櫝中求善價，釵於奩內待時飛。

……恰值士隱走來聽見，笑道：「雨村兄真抱負不淺也！」

雨村忙笑道：「不過偶吟前人之句，何敢狂誕至此。」因問：「老先生何興至此？」

士隱笑道：「今夜中秋，俗謂『團圓之節』，想尊兄旅寄僧房，不無寂寞之感，故特具小酌，邀兄到敝齋一飲，不知可納芹意[21]否？」雨村聽了，並不推辭，便笑道：「既蒙厚愛，何敢拂此盛情。」說著，便同士隱復過這邊書院中來。

……須臾茶畢，早已設下杯盤，那美酒佳肴，自不必說。二人歸坐，先是款斟漫飲，次漸談至興濃，不覺飛觥限斝[22]起來。當時街坊上家家簫管，戶戶弦歌。當頭一輪明月，飛彩凝輝，二人愈添豪興，酒到杯乾。

雨村此時已有七八分酒意，狂興不禁，乃對月寓懷，口號一絕云：

時逢三五便團圓，滿把晴光護玉欄。

21. 芹意——古人常用「獻芹」、「芹意」等作為送禮或請客的謙詞。

22. 飛觥限斝（音假）——形容賓主間飲酒的熱烈情景。觥、斝，古代酒器。飛觥，揮杯。限斝，行酒令時限定飲酒數量。

天上一輪才捧出，人間萬姓仰頭看。

士隱聽了，大叫：「妙哉！吾每謂兄必非久居人下者，今所吟之句，飛騰之兆已見，不日可接履於雲霓之上矣。可賀，可賀！」乃親斟一斗為賀。雨村因乾過，嘆道：「非晚生酒後狂言，若論時尚之學，晚生也或可去充數沽名，只是目今行囊、路費一概無措，神京路遠，非賴賣字撰文即能到者。」士隱不待說完，便道：「兄何不早言。愚久有此心意，但每遇兄時，兄並未談及，愚故未敢唐突。今既及此，愚雖不才，『義利』二字卻還識得。且喜明歲正當大比，兄宜作速入都，春闈[23]一戰，方不負兄之所學也。其盤費餘事，弟自代為處置，亦不枉兄之謬識矣！」

當下即命小童進去，速封五十兩白銀，並兩套冬衣。又云：「十九日乃黃道之期，兄可即買舟西上，待雄飛高舉，明冬

23. 大比、春闈——明清科舉制，考試分為三級。第一級是院試，第二級是鄉試，第三級是會試。鄉試、會試均三年一科，也稱為「大比」。鄉試在秋天，稱為「秋闈」；會試在春天，稱為「春闈」。闈，指考場。這裡的「大比」指會試。

再晤，豈非大快之事耶？」雨村收了銀衣，不過略謝一語，並不介意，仍是吃酒談笑。那天已交三鼓，二人方散。

……士隱送雨村去後，回房一覺，直至紅日三竿方醒。因思昨夜之事，意欲再寫兩封薦書，與雨村帶至神都，使雨村投謁個仕宦之家，為寄足之地。因使人過去請時，那家人去了回來說：「和尚說，賈爺今日五鼓已進京去了，也曾留下話與和尚轉達老爺，說『讀書人不在黃道黑道，總以事理為要，不及面辭了。』」士隱聽了，也只得罷了。

……※……※……※……

……真是閒處光陰易過，倏忽又是元宵佳節矣。士隱命家人霍啟抱了英蓮去看社火花燈，半夜中，霍啟因要小解，便將英蓮放在一家門檻上坐著。待他小解完了來抱時，哪有英蓮的蹤影？急得霍啟直尋了半夜，至天明不見。那霍啟也就不敢回來見主人，便逃往他鄉去了。

那士隱夫婦，見女兒一夜不歸，便知有些不妥，再使幾人去尋找，回來皆云連音響皆無。夫妻二人半世只生此女，一旦失落，豈不思想。因此晝夜啼哭，幾乎不曾尋死。看看一月，士隱先就得了一病。當時，封氏孺人也因思女構疾，日日請醫療治。

……不想這日三月十五，葫蘆廟中炸供[24]，那些和尚不加小心，致使油鍋火逸，便燒著窗紙。此方人家多用竹籬木壁者，大抵也因劫數，於是接二連三，牽五掛四，將一條街燒得如火焰山一般。

彼時雖有軍民來救，那火已成了勢，如何救得下？直燒了一

24. 炸供——油炸供神的食品。

夜，方漸漸熄去，也不知燒了多少家。只可憐甄家在隔壁，早已燒成一片瓦礫場了，只有他夫婦並幾個家人的性命不曾傷了。急得士隱惟跌足長嘆而已。只得與妻子商議，且到田莊上去安身。偏值近年水旱不收，鼠盜蜂起，無非搶田奪地，鼠竊狗偷，民不安生，因此官兵剿捕，難以安身。士隱只得將田莊都折變了，便攜了妻子與兩個丫鬟投他岳丈家去。

……他岳丈名喚封肅，本貫大如州人氏，雖是務農，家中都還殷實。今見女婿這等狼狽而來，心中便有些不樂。幸而士隱還有折變田地的銀子未曾用完，拿出來托他隨分就價薄置些須房地，為後日衣食之計。那封肅便半哄半賺，些須與他些薄田朽屋。士隱乃讀書之人，不慣生理稼穡等事，勉強支持了一二年，越覺窮了下去。

封肅每見面時，便說些現成話，且人前人後又怨他們不善過活，只一味好吃懶做等語。士隱知投人不著，心中未免悔恨，再兼上年驚唬，急忿怨痛，已有積傷，暮年之人，貧病交攻，竟漸漸的露出那下世的光景來[25]。

……可巧這日拄了拐杖，掙挫到街前散散心時，忽見那邊來了一個跛足道人，瘋癲落脫[26]，麻屣鶉衣[27]，口內念著幾句言詞，道是：

世人都曉神仙好，惟有功名忘不了。
古今將相在何方？荒塚一堆草沒了！
世人都曉神仙好，只有金銀忘不了。
終朝只恨聚無多，及到多時眼閉了！
世人都曉神仙好，只有姣妻忘不了。
君生日日說恩情，君死又隨人去了！

25.「下世」句—下世，死亡。全句是說快要不久於人世的意思。

26. **落脫**—即落拓，行為狂放的意思。

27. **麻屣鶉衣**—麻屣，麻鞋。鶉衣，形容衣服破爛。

世人都曉神仙好，只有兒孫忘不了。
痴心父母古來多，孝順兒孫誰見了？

士隱聽了，迎上來道：「你滿口說些什麼？只聽見些『好』『了』『好』『了』。」

那道人笑道：「你若果聽見『好』『了』二字，還算你明白。可知世上萬般，好便是了，了便是好。若不了，便不好；若要好，須是了。我這歌兒便名《好了歌》。」

士隱本是有宿慧[28]的，一聞此言，心中早已徹悟。因笑道：「且住！待我將你這《好了歌》解注出來何如？」

道人笑道：「你解，你解。」

士隱乃說道：

陋室空堂，當年笏滿床[29]，衰草枯楊，曾為歌舞場。
蛛絲兒結滿雕梁，綠紗今又糊在蓬窗上。

28. 宿慧——佛家用語。指超越常人的智慧，認為這是宿世帶來的。

29. 笏滿床——形容家中做大官的人很多。笏，一名手板，古代臣子上朝時手中所拿的狹長板子，可作臨時記事之用。

說什麼脂正濃、粉正香，如何兩鬢又成霜？
昨日黃土隴頭送白骨，今宵紅燈帳底臥鴛鴦。
金滿箱，銀滿箱，展眼乞丐人皆謗。
正嘆他人命不長，那知自己歸來喪！
訓有方，保不定日後作強梁。
擇膏粱[30]，誰承望流落在煙花巷！
因嫌紗帽小，致使鎖枷扛。
昨憐破襖寒，今嫌紫蟒[31]長。
亂烘烘你方唱罷我登場，反認他鄉是故鄉[32]。
甚荒唐，到頭來都是為他人作嫁衣裳[33]！

那瘋跛道人聽了，拍掌笑道：「解得切，解得切！」士隱便說一聲「走罷！」將道人肩上褡褳[34]搶了過來背著，竟不回家，同了瘋道人飄飄而去。當下烘動街坊，眾人當作一件

30.擇膏粱——意謂挑選富貴人家子弟作婿。膏，脂肪。粱，精米。膏粱，本指精美的飯菜，這裡是「膏粱子弟」的省稱。

31.紫蟒——紫色的蟒袍。唐制，親王及三品服用紫色。

32.反認他鄉是故鄉——這裡把現實人生比作暫居的他鄉，而把超脫塵

新聞傳說。

封氏聞得此信，哭個死去活來，只得與父親商議，遣人各處訪尋，那討音信？無奈何，少不得依靠著她父母度日。幸而身邊還有兩個舊日的丫鬟服侍，主僕三人，日夜作些針線發賣，幫著父親用度。那封肅雖然日日抱怨，也無可奈何了。

……這日，那甄家大丫鬟在門前買線，忽聽街上喝道之聲，眾人都說新太爺到任。丫鬟於是隱在門內看時，只見軍牢快手，一對一對的過去。俄而，大轎抬著一個烏帽猩袍的官府過去。丫鬟倒發了個怔，自思這官好面善，倒像在那裡見過的。於是進入房中，也就丟過，不在心上。至晚間，正待歇息之時，忽聽一片聲打的門響，許多人亂嚷，說：「本府太爺差人來傳人問話。」封肅聽了，唬得目瞪口呆，不知有何禍事。

世的虛幻世界當作人生的故鄉。

33. **為他人作嫁衣裳**——喻白白替他人奔忙，死後一切皆空。

34. **搭褳**——一種中間開口而兩端裝錢物的長方口袋。

◎第二回◎

賈夫人仙逝揚州城
冷子興演說榮國府

詩云：

一局輸贏料不真，香銷茶盡尚逡巡。
欲知目下興衰兆，須問旁觀冷眼人。[1]

卻說封肅因聽見公差傳喚，忙出來陪笑啟問。那些人只嚷：「快請出甄爺來！」

封肅忙陪笑道：「小人姓封，並不姓甄。只有當日小婿姓甄，今已出家一二年了，不知可是問他？」

那些公人道：「我們也不知什麼『真』『假』，因奉太爺之命來問，他既是你女婿，便帶了你去親見太爺面稟，省得亂跑。」說著，不容封肅多言，大家推擁他去了。封家人個個驚慌，不知何兆。

……那天，約二更時分，只見封肅方回來，歡天喜地，眾人忙問端的。

他乃說道：「原來本府新陞的太爺姓賈名化，本貫胡州人氏，曾與女婿舊日相交。方才在咱門前過去，因見嬌杏那丫頭買線，所以他只當女婿移住於此。

「我一一將原故回明，那太爺倒傷感嘆息了一回；又問外孫女兒，我說看燈丟了。太爺說：『不妨，我自使番役[2]，務必探訪回來。』說了一回話，臨走倒送了我二兩銀子。」甄家娘子聽了，不免心中傷感。一宿無話。

……至次日，早有雨村遣人送兩封銀子、四匹錦緞，答謝甄家娘子；又寄一封密書與封肅，轉托他向甄家娘子要那嬌杏作二

1.「一局輸贏料不真」—一首—概括本回冷子興演說榮國府的內容。逡巡，排徊不進，喻賈府「死而不僵」。

2. 番役—又稱番子。原為明代廠衛司中任緝捕的差役。此處泛指官衙中負責稽察、捕盜的差役。

房。封肅喜得屁滾尿流，巴不得去奉承，便在女兒前一力攛掇[3]成了。乘夜，只用一乘小轎，便把嬌杏送進去了。雨村歡喜，自不必說，乃封百金贈封肅，外又謝甄家娘子許多物事，令其好生養贍，以待尋訪女兒下落。封肅回家無話。

……卻說嬌杏這丫鬟，便是那年回顧雨村者。因偶然一顧，便弄出這段事來，亦是自己意料不到之奇緣。誰想她命運兩濟，不承望自到雨村身邊，只一年，便生了一子；又半載，雨村嫡妻忽染疾下世，雨村便將她扶側作正室夫人了。正是：

偶因一著錯，便為人上人。

※ ※ ※

……原來，雨村因那年士隱贈銀之後，他於十六日便起身入都。至大比之期，不料他十分得意，已會了進士，選入外班[4]，今

3. 攛掇——慫恿。

4. 會了進士，選入外班——指會試考中進士，分發外省任官。「班」指官員補缺的班次。

5. 參——參究，稽考，引申為控告、彈劾。

已升了本府知府。雖才幹優長，未免有些貪酷之弊；且又恃才侮上，那些官員皆側目而視。不上一年，便被上司尋了個空隙，作成一本，參[5]他「生性狡猾，擅纂禮儀[6]，且沽清正之名，而暗結虎狼之屬，致使地方多事，民命不堪」等語。龍顏大怒，即批革職。該部文書一到，本府官員無不喜悅。那雨村心中雖十分慚恨，卻面上全無一點怨色，仍是嘻笑自若；交代過公事，將歷年做官積的些資本並家小人屬送至原籍，安插妥協，卻是自己擔風袖月，遊覽天下勝跡。

……那日，偶又遊至維揚[7]地面，因聞得今歲鹺政[8]點的是林如海。這林如海姓林名海，表字如海，乃是前科的探花，今已升至蘭臺寺大夫[9]，本貫姑蘇人氏，今欽點出為巡鹽御史，到任方一月有餘。

原來這林如海之祖，曾襲過列侯，今到如海，業經五世。起初

彈劾所用的文書稱「詳參」。

6. 擅纂禮儀——擅纂，擅自纂集。古時的禮制儀式由禮部掌管，官員擅纂要受懲處。

7. 維揚——即揚州，今江蘇江都。

8. 鹺政——此指朝廷派到地方管理鹽務的官員。鹺（音矬），鹽。

9. 蘭臺寺大夫——蘭臺是漢朝宮內藏書的地方，由御史中丞主管，兼任糾察。後稱主管彈劾的御史臺為蘭臺，御史府也叫蘭臺寺。

時，只封襲三世，因當今隆恩盛德，遠邁前代，額外加恩，至如海之父，又襲了一代；至如海，便從科第出身。雖係鐘鼎之家[10]，卻亦是書香之族。只可惜這林家支庶不盛，子孫有限；雖有幾門，卻與如海俱是堂族而已，沒甚親支嫡派的。今如海年已四十，只有一個三歲之子，偏又於去歲死了。雖有幾房姬妾，奈他命中無子，亦無可如何之事。今只有嫡妻賈氏，生得一女，乳名黛玉，年方五歲。夫妻無子，故愛如珍寶；且又見她聰明清秀，便也欲使她讀書識得幾個字，不過假充養子之意，聊解膝下荒涼之嘆。

……雨村正值偶感風寒，病在旅店，將一月光景方漸愈。一因身體勞倦，二因盤費不繼，也正欲尋個合式之處，暫且歇下。幸有兩個舊友，亦在此境居住，因聞得鹺政欲聘一西賓[11]，雨

10. **鐘鼎之家**—貴族家庭宴享祭祀時，鳴鐘列鼎，後常用「鐘鼎之家」代指貴族豪門。

11. **西賓**—亦稱西席。古代以西為尊，賓客或教師的座位，居西面東。西賓或西席為家庭教師或官吏幕客的代稱。

村便相托友力，謀了進去，且作安身之計。妙在只一個女學生，並兩個伴讀丫鬟，這女學生年又小，身體又極怯弱，工課不限多寡，故十分省力。

……堪堪[12]又是一載的光陰，誰知女學生之母賈氏夫人一疾而終。女學生侍湯奉藥，守喪盡哀，遂又將辭館別圖。林如海意欲令女守制[13]讀書，故又將他留下。近因女學生哀痛過傷，本自怯弱多病的，觸犯舊症，遂連日不曾上學。雨村閒居無聊，每當風日晴和，飯後便出來閑步。

……這日，偶至郭外[14]，意欲賞鑒那村野風光。忽信步至一山環水旋、茂林深竹之處，隱隱的有座廟宇，門巷傾頹，牆垣朽敗，門前有額，題著「智通寺」三字，門旁又有一副舊破的對聯，曰：

12. 堪堪——將要。

13. 守制——古人父母或祖父母死後，嫡長子或長房嫡長孫要守孝三年，須閉門讀書，稱為「守制」。

14. 郭外——城外郊區。

身後有餘忘縮手，眼前無路想回頭。

雨村看了，因想到：「這兩句話，文雖淺近，其意則深。我也曾遊過些名山大剎，倒不曾見過這話頭；其中想必有個翻過筋斗來的[15]也未可知，何不進去試試。」想著走入，只有一個龍鐘老僧在那裡煮粥。雨村見了，便不在意。及至問他兩句話，那老僧既聾且昏，齒落舌鈍，所答非所問。

∴雨村不耐煩，便仍出來，意欲到那村肆[16]中沽飲三杯，以助野趣，於是款步行來。剛入肆門，只見座上吃酒之客有一人起身大笑，接了出來，口內說：「奇遇，奇遇！」雨村忙看時，此人是都中在古董行中貿易的號冷子興者，舊日

15. **翻過筋斗來的**——比喻飽經世事動蕩或挫敗後而看破世情的人。筋斗，通作「跟頭」。

16. **村肆**——鄉下酒店。

在都相識。雨村最贊這冷子興是個有作為大本領的人，這子興又借雨村斯文之名，故二人說話投機，最相契合。雨村忙笑問：「老兄何日到此？弟竟不知。今日偶遇，真奇緣也。」

子興道：「去年歲底到家，今因還要入都，從此順路找個敝友說一句話，承他之情，留我多住兩日。我也無甚緊事，且盤桓兩日，待月半時也就起身了。今日敝友有事，我因閒步至此，且歇歇腳，不期這樣巧遇！」一面說，一面讓雨村同席坐了，另整上酒肴來。二人閑談漫飲，敘些別後之事。

……雨村因問：「近日都中可有新聞沒有？」

子興道：「倒沒有什麼新聞，倒是老先生你貴同宗[17]家出了一件小小的異事。」

17. 同宗——按古代宗法制度，指出於同一個遠祖者為「同宗」，後泛指同族或同姓。

雨村笑道：「弟族中無人在都，何談及此？」

子興笑道：「你們同姓，豈非同宗一族？」

……雨村問是誰家。子興道：「榮國府賈府中，可也玷辱了先生的門楣麼？」

雨村笑道：「原來是他家。若論起來，寒族人丁卻不少，自東漢賈復[18]以來，支派繁盛，各省皆有，誰逐細考查得來！若論榮國一支，卻是同譜。但他那等榮耀，我們不便去攀扯，至今故越發生疏難認了。」

……子興嘆道：「老先生休如此說！如今的這寧、榮兩門，也都蕭疏了，不比先時的光景。」

雨村道：「當日寧榮兩宅的人口極多，如何就蕭疏了？」

冷子興道：「正是，說來也話長。」

18. **賈復**——東漢南陽人，曾任執金吾、左將軍，封膠東侯。見《後漢書·賈復傳》。

……雨村道：「去歲我到金陵地界，因欲遊覽六朝遺跡，那日進了石頭城，從他老宅門前經過。街東是寧國府，街西是榮國府，二宅相連，竟將大半條街占了。大門前雖冷落無人，隔著圍牆一望，裡面廳殿樓閣，也還都崢嶸軒峻；就是後一帶花園子裡面樹木山石，也還都有蓊蔚洇潤[19]之氣，那裡像個衰敗之家？」

……冷子興笑道：「虧你是個進士出身，原來不通！古人有云：『百足之蟲，死而不僵。』如今雖說不及先年那樣興盛，較之平常仕宦之家，到底氣象不同。如今生齒日繁，事務日盛，主僕上下，安富尊榮者盡多，運籌謀畫者無一；其日用排場費用，又不能將就省儉，如今外面的架子雖未甚倒，內囊卻也盡上來了。

「這還是小事，更有一件大事：誰知這樣鐘鳴鼎食之家，翰墨

19. 蓊蔚洇（音因）潤——茂盛潤澤的樣子。

詩書之族，如今的兒孫，竟一代不如一代了！」

雨村聽說，也納罕道：「這樣詩禮之家，豈有不善教育之理？別家不知，只說這寧、榮二宅，是最教子有方的。」

子興嘆道：「正說的是這兩門呢。待我告訴你：當日寧國公與榮國公是一母同胞弟兄兩個。寧公居長，生了四個兒子。寧公死後，賈代化襲了官，也養了兩個兒子：長名賈敷，至八九歲上便死了，只剩了次子賈敬襲了官，如今一味好道，只愛燒丹煉汞[20]，餘者一概不在心上。幸而早年留下一子，名喚賈珍，因他父親一心想作神仙，把官倒讓他襲了。他父親又不肯回原籍來，只在都中城外和道士們胡羼[21]。

「這位珍爺也倒生了一個兒子，今年才十六歲，名叫賈蓉。如今敬老爹一概不管。這珍爺那裡肯讀書，只一味高樂[22]不了，把寧國府竟翻了過來，也沒有人敢來管他。

20. **燒丹煉汞**——道教以朱砂、水銀等燒煉「仙藥」的一種方術，以求飛升成仙，長生不死。

21. **胡羼（音懺）**——胡鬧。

22. **高樂**——尋歡作樂。

「再說榮府你聽，方才所說異事就出在這裡。自榮公死後，長子賈代善襲了官，娶的也是金陵世勛史侯家的小姐為妻，生了兩個兒子：長子賈赦，次子賈政。如今代善早已去世，太夫人尚在，長子賈赦襲著官；次子賈政，自幼酷喜讀書，祖父最疼，原欲以科甲出身的。

「不料代善臨終時遺本一上，皇上因恤先臣，即時令長子襲官外，問還有幾子，立刻引見，遂額外賜了這政老爹一個主事之銜，令其入部習學[23]，如今現已升了員外郎了。

「這政老爹的夫人王氏，頭胎生的公子，名喚賈珠，十四歲進學，不到二十歲就娶了妻生了子，一病死了。第二胎生了一位小姐，生在大年初一，這就奇了；不想後來又生了一位公子，說來更奇，一落胎胞，嘴裡便銜下一塊五彩晶瑩的玉來，上面還有許多字跡，就取名叫作寶玉。你道是新奇異事不是？」

23. 額外主事、入部習學

——清代科舉制度，屬於二、三甲的進士，經過朝考錄取，稱庶吉士，到翰林院學習；沒有考中庶吉士的進士，可以做「額外主事」，但非實任官，要入部學習滿三年，才有實任資格。這類官有時也可由皇帝賞賜。部，此處指工部，主管建築、水利之事。

……雨村笑道：「果然奇異。只怕這人來歷不小。」

子興冷笑道：「萬人皆如此說，因而乃祖母便先愛如珍寶。那年周歲時，政老爹便要試他將來的志向，便將那世上所有之物擺了無數，與他抓取。

「誰知他一概不取，伸手只把些脂粉釵環抓來。政老爹便大怒了，說：『將來酒色之徒耳！』因此便大不喜悅。獨那史老太君還是命根一樣。

「說來又奇，如今長了七八歲，雖然淘氣異常，但其聰明乖覺處，百個不及他一個。說起孩子話來也奇怪，他說：『女兒是水作的骨肉，男人是泥作的骨肉。我見了女兒，我便清爽；見了男子，便覺濁臭逼人。』你道好笑不好笑？將來色鬼無疑了！」

雨村罕然厲色忙止道：「非也！可惜你們不知道這人來歷。大約政老前輩也錯以淫魔色鬼看待了。若非多讀書識事，加以致知格物之功、悟道參玄之力，不能知也。」

…子興見他說得這樣重大，忙請教其端。

雨村道：「天地生人，除大仁大惡兩種，餘者皆無大異。若大仁者，則應運而生，大惡者，則應劫而生[24]。運生世治，劫生世危。堯、舜、禹、湯、文、武、周、召、孔、孟、董、韓、周、程、張、朱，皆應運而生者。蚩尤、共工、桀、紂、始皇、王莽、曹操、桓溫、安祿山、秦檜等，皆應劫而生者。大仁者，修治天下；大惡者，擾亂天下。

「清明靈秀，天地之正氣，仁者之所秉也；殘忍乖僻，天地之邪氣，惡者之所秉也。

「今當運隆祚永[25]之朝，太平無為之世，清明靈秀之氣所秉者，上至朝廷，下及草野，比比皆是。所餘之秀氣，漫無所歸，遂為甘露，為和風，洽然[26]溉及四海。

24. 應運而生、應劫而生——運，宋代象數學者邵雍《皇極經世書》中，以三十年為一世，十二世為一運，三十運為一會，十二會為一元。此指吉祥和順的時代氣運。劫，此指時代的災厄。

25. 運隆祚永——國運興隆，皇位傳世久遠。

26. 洽然——協和滋潤的樣子。

「彼殘忍乖僻之邪氣，不能蕩溢於光天化日之中，遂凝結充塞於深溝大壑之內，偶因風蕩，或被雲摧，略有搖動感發之意，一絲半縷誤而泄出者，偶值靈秀之氣適過，正不容邪，邪復妒正，兩不相下，亦如風水雷電，地中既遇，既不能消，又不能讓，必至摶擊掀發後始盡。故其氣亦必賦人，發泄一盡始散。

「使男女偶秉此氣而生者，在上則不能成仁人君子，下亦不能為大凶大惡。置之於萬萬人中，其聰俊靈秀之氣，則在萬萬人之上；其乖僻邪謬不近人情之態，又在萬萬人之下。

「若生於公侯富貴之家，則為情痴情種；若生於詩書清貧之族，則為逸士高人；縱再偶生於薄祚寒門，斷不能為走卒健僕，甘遭庸人驅制駕馭，必為奇優名倡。

「如前代之許由、陶潛、阮籍、嵇康、劉伶、王謝二族、顧虎頭、陳後主、唐明皇、宋徽宗、劉庭芝、溫飛卿、米南宮、石曼卿、柳耆卿、秦少游，近日之倪雲林、唐伯虎、祝枝山；再如李龜年、黃幡綽、敬新磨、卓文君、紅拂、薛濤、崔鶯、朝雲之流，此皆易地則同之人也。」

子興道：「依你說，『成則王侯敗則賊』了？」

雨村道：「正是這意。你還不知，我自革職以來，這兩年遍遊各省，也曾遇見兩個異樣孩子。

「所以，方才你一說這寶玉，我就猜著了八九亦是這一派人物。不用遠說，只金陵城內，欽差金陵省體仁院總裁[27]甄家，你可知麼？」

子興道：「誰人不知！這甄府和賈府就是老親，又係世交。兩家來往，極其親熱的。便在下也和他家來往非止一日了。」

雨村笑道：「去年我在金陵，也曾有人薦我到甄府處館。我

27. 欽差金陵省體仁院總裁——**欽差**，明清時由皇帝指派出外辦理重大事情的官員，其中由皇帝特命並授予關防者，權力更大，稱「欽差大臣」。**體仁院總裁**，作者虛擬的官銜。

進去看其光景，誰知他家那等顯貴，卻是個富而好禮之家，倒是個難得之館。但這一個學生，雖是啟蒙，卻比一個舉業[28]的還勞神。

「說起來更可笑，他說：『必得兩個女兒伴著我讀書，我方能認得字，心裡也明白；不然我自己心裡糊塗。』

「又常對跟他的小廝們說：『這女兒兩個字，極尊貴、極清淨的，比那阿彌陀佛[29]、元始天尊[30]的這兩個寶號還更尊榮無對的呢！你們這濁口臭舌，萬不可唐突了這兩個字要緊！但凡要說時，必須先用清水香茶漱了口才可；設若失錯，便要鑿牙穿腮等事。』

「其暴虐浮躁，頑劣憨痴，種種異常。只一放了學，進去見了那些女兒們，其溫厚和平，聰敏文雅，竟又變了一個。因此，他令尊也曾下死笞楚[31]過幾次，無奈竟不能改。

「每打的吃疼不過時，他便『姐姐』『妹妹』亂叫起來。後來

28. 舉業——指舊時科舉應試，其讀物有四書、五經之類。

29. 阿彌陀佛——梵文音譯，習稱「彌陀」。意為無量壽、無量光，為大乘佛教的佛名。

30. 元始天尊——道教的尊神。道經說他「生於太元之先」，居於天界最高的「玉清」仙境，為三清之首。

31. 笞楚——即鞭打。

聽得裡面女兒們拿他取笑：『因何打急了只管叫姊妹作甚？莫不是求姊妹去說情討饒？你豈不愧些！』他回答得最妙。「他說：『急疼之時，只叫『姐姐』『妹妹』字樣，或可解疼也未可知，因叫了一聲，便果覺不疼了，遂得了秘法：每疼痛之極，便連叫姊妹起來了。』你說可笑不可笑？

「也因祖母溺愛不明，每因孫辱師責子，因此我就辭了館出來。如今在巡鹽御史林家做館了。你看，這等子弟，必不能守祖父之根基，從師長之規諫的。只可惜他家幾個姊妹都是少有的。」

……子興道：「便是賈府中，現有的三個也不錯。政老爹的長女，名元春，現因賢孝才德，選入宮作女史[32]去了。二小姐乃赦老爹之妾所出，名迎春；三小姐乃政老爹之庶出，名探春。四小姐乃寧府珍爺之胞妹，名喚惜春。因史老夫人極愛

32. 女史——古代宮中女官名，掌管王后的禮職。後也成為尊貴、文雅女子的泛稱。

孫女，都跟在祖母這邊一處讀書，聽得個個不錯。」

雨村道：「更妙在甄家的風俗，女兒之名，亦皆從男子之名命字，不似別家另外用這些『春』『紅』『香』『玉』等艷字的。何得賈府亦樂此俗套？」

子興道：「不然。只因現今大小姐是正月初一日所生，故名元春，餘者方從了『春』字。上一輩的，卻也是從兄弟而來的。現有對證：目今你貴東家林公之夫人，即榮府中赦、政二公之胞妹，在家時名喚賈敏。不信時，你回去細訪可知。」

雨村拍案笑道：「怪道這女學生讀至書，凡中有『敏』字，她皆念作『密』字，每每如是；寫字遇著『敏』字，又減一二筆，我心中就有些疑惑。今聽你說的，是為此無疑矣！怪道我這女學生言語舉止另是一樣，不與近日女子相同。度其母必不凡，方得其女，今知為榮府之孫，又不足罕矣。可傷上月竟亡故了！」

子興嘆道：「老姊妹四個，這一個是極小的，又沒了；長一輩的姊妹，一個也沒了！只看這小一輩的，將來之東床[33]如何呢？」

……雨村道：「正是。方才說這政公，已有了一個銜玉之兒，又有長子所遺一個弱孫。這赦老竟無一個不成？」

子興道：「政公既有玉兒之後，其妾又生了一個，倒不知其好歹。只眼前現有二子一孫，卻不知將來如何。若問那赦公，也有二子：長名賈璉，今已二十來往了，親上作親，娶的就是政老爹夫人王氏之內姪女，今已娶了二年。

「這位璉爺身上現捐的是個同知，也是不肯讀書，於世路上好機變，言談去得。所以如今只在乃叔政老爺家住著，幫著料理些家務。誰知自娶了他令夫人之後，倒上下無一人不稱頌

33. 東床——指女婿。

他夫人的，璉爺倒退了一射之地[34]。說模樣又極標緻，言談又極爽利，心機又極深細，竟是個男人萬不及一的。」

……雨村聽了，笑道：「可知我前言不謬。你我方才所說的這幾個人，都只怕是那正邪兩賦而來一路之人，未可知也。」

子興道：「邪也罷，正也罷，只顧算別人家的帳，你也吃一杯酒才好。」

雨村道：「正是，只顧說話，竟多吃了幾杯。」

子興笑道：「說著別人家的閒話，正好下酒，即多吃幾杯何妨。」

雨村向窗外看道：「天也晚了，仔細關了城。我們慢慢的進城再談，未為不可。」

於是，二人起身，算還酒帳。方欲走時，又聽得後面有人叫道：「雨村兄，恭喜了！特來報個喜信的。」

34. 一射之地——約一百二十至一百五十步，亦稱「一箭道」。

雨村忙回頭看時，要知是誰，且聽下回分解。

◎第三回◎

賈雨村夤緣[1]復舊職
林黛玉拋父進京都

……卻說雨村忙回頭看時，不是別人，乃是當日同僚一案參革的號張如圭者。他本係此地人，革後家居，今打聽得都中奏准起復[2]舊員之信，他便四下裡尋情找門路，忽遇見雨村，故忙道喜。二人見了禮，張如圭便將此信告訴雨村，雨村自是歡喜，忙忙的敘了兩句，遂作別各自回家。冷子興聽得此言，便忙獻計，令雨村央煩林如海，轉向都中去央煩賈政。雨村領其意，作別回至館中，忙尋邸報[3]看真確了。

……次日，面謀之如海。如海道：「天緣湊巧，因賤荊去世，都中家岳母念及小女無人依傍教育，前已遣了男女船隻來接，因小女未曾大痊，故未及行。此刻正思向蒙訓教之恩未經酬報，遇此機會，豈有不盡心圖報之理。但請放心，弟已預為籌畫至此，已修下薦書一封，轉托內兄務為周全協佐，方可稍盡弟之鄙誠。即有所費用之例，弟於內兄信中已注明白，亦不勞尊兄多慮矣。」

雨村一面打恭，謝不釋口，一面又問：「不知令親大人現居何職？只怕晚生草率，不敢驟然入都干瀆[4]。」

如海笑道：「若論舍親，與尊兄猶係同譜，乃榮公之孫：大內兄現襲一等將軍，名赦，字恩侯；二內兄名政，字存周，現任工部員外郎，其為人謙恭厚道，大有祖父遺風，非膏粱輕薄仕宦之流，故弟方致書煩托。否則不但有汙尊兄之清操，即弟亦不屑為矣。」

雨村聽了，心下方信了昨日子興之言，於是又謝了林如海。

1. 夤（音寅）緣——攀附權要以求升進。

2. 起復——舊時官吏因父母之喪離職，守孝期滿而復用者叫「起復」。

3. 邸報——又名「邸鈔」「宮門鈔」，是王侯或大官府第給諸藩官吏的書面報導，包括傳鈔的詔令、奏章等。最早起於漢代，後世亦稱政府官報為邸報。

4. 干瀆——冒犯之意。

如海乃說：「已擇了出月初二日小女入都，尊兄即同路而往，豈不兩便？」雨村唯唯聽命，心中十分得意。如海遂打點禮物並餞行之事，雨村一一領了。

……那女學生黛玉身體方愈，原不忍棄父而往；無奈她外祖母致意務去，且兼如海說：「汝父年將半百，再無續室之意；且汝多病，年又極小，上無親母教養，下無姊妹兄弟扶持，今依傍外祖母及舅氏姊妹去，正好減我顧盼之憂，何反云不往？」

黛玉聽了，方灑淚拜別，遂同奶娘及榮府中幾個老婦人登舟而去。雨村另有一隻船，帶兩個小童，依附黛玉而行。

……有日到了都中，進入神京[5]，雨村先整了衣冠，帶了小童，拿著宗姪的名帖，至榮府門前投了。彼時賈政已看了妹丈之

5. 都中、神京——都中即京城周圍地區。神京即京城，皇帝所居，故稱神京。

書，即忙請入相會。見雨村相貌魁偉，言語不俗，且這賈政最喜讀書人，禮賢下士，濟弱扶危，大有祖風；況又係妹丈致意，因此優待雨村，更又不同，便竭力內中協助。

題奏之日，輕輕謀了一個復職候缺。不上兩個月，金陵應天府缺出，便謀補了此缺，拜辭了賈政，擇日上任去了。不在話下。

……※……※……※……

……且說黛玉自那日棄舟登岸時，便有榮國府打發了轎子並拉行李的車輛久候了。這林黛玉常聽得母親說過，她外祖母家與別家不同。她近日所見的這幾個三等僕婦，已是不凡了，何況今至其家。

因此步步留心，時時在意，不肯輕易多說一句話，多行一步路，惟恐被人恥笑了她去。

自上了轎，進入城中，從紗窗向外瞧了一瞧，其街市之繁華，人煙之阜盛，自與別處不同。又行了半日，忽見街北蹲著兩個大石獅子，三間獸頭大門，門前列坐著十來個華冠麗服之人。

正門卻不開，只有東西兩角門有人出入。正門之上，有一匾，匾上大書「敕造[6]寧國府」五個大字。

黛玉想道：這是外祖母之長房了。想著，又往西行，不多遠，照樣也是三間大門，方是榮國府了。卻不進正門，只進了西邊角門。那轎夫抬進去，走了一射之地，將轉彎時，便歇下退出去了。

後面的婆子們已都下了轎，趕上前來。另換了三四個衣帽周全十七八歲的小廝上來，復抬起轎子，眾婆子步下圍隨，至一垂花門[7]前落下。眾小廝退出，眾婆子上來打起轎簾，扶黛玉下轎。

6. 敕造——奉皇帝之命建造。

7. 垂花門——舊時富家宅院內院院門有雕刻的垂花，倒懸於門額兩側，門上蓋有宮殿式的小屋頂，稱垂花門。

……林黛玉扶著婆子的手，進了垂花門，兩邊是抄手遊廊[8]，當中是穿堂[9]，當地放著一個紫檀架子大理石的大插屏[10]。轉過插屏，小小三間廳，廳後就是後面的正房大院。正面五間上房，皆雕梁畫棟。兩邊穿山遊廊[11]廂房，掛著各色鸚鵡、畫眉等鳥雀。

臺磯之上，坐著幾個穿紅著綠的丫頭，一見她們來了，便忙都笑迎上來，說：「剛才老太太還念呢，可巧就來了。」於是三四人爭著打起簾櫳，一面聽得人回話：「林姑娘到了。」

……黛玉方進入房時，只見兩個人攙著一位鬢髮如銀的老母迎上來，黛玉便知是她外祖母。方欲拜見時，早被她外祖母一把摟入懷中，「心肝兒肉」叫著大哭起來。當下地下侍立之人，無不掩面涕泣，黛玉也哭個不住。一時眾人慢慢解勸住了，黛玉方拜見了外祖母。——此即冷子

8. 抄手遊廊——院門內兩側環抱的走廊。

9. 穿堂——座落在兩個院落之間可以穿行的廳堂。

10. 大插屏——放在穿堂中的大屏風，除作裝飾，還可以遮蔽視線，以免直見正房。

11. 穿山遊廊——山指山牆，房子兩側形如山狀的牆。**「穿山遊廊」**是從山牆開門接起的遊廊。

興所云之史氏太君，賈赦、賈政之母也。

……當下賈母一一指與黛玉：「這是妳大舅母；這是妳二舅母；這是妳先珠大哥的媳婦珠大嫂子。」黛玉一一拜見過。賈母又說：「請姑娘們來。今日遠客才來，可以不必上學去子。」眾人答應了一聲，便去了兩個。

……不一時，只見三個奶嬤嬤並五六個丫鬟，簇擁著三個姊妹來了。第一個肌膚微豐，合中身材，腮凝新荔，鼻膩鵝脂，溫柔沉默，觀之可親。第二個削肩細腰，長挑身材，鴨蛋臉面，俊眼修眉，顧盼神飛，文彩精華，見之忘俗。第三個身量未足，形容尚小。其釵環裙襖，三人皆是一樣的妝飾。

……黛玉忙起身迎上來見禮，互相廝認過，大家歸了坐。丫鬟們斟上茶來。不過說些黛玉之母如何得病，如何請醫服藥，如何送死發喪。

不免賈母又傷感起來，因說：「我這些兒女，所疼者獨有妳母，今日一旦先捨我去了，連面也不能一見，今見了妳，我怎不傷心！」說著，摟了黛玉在懷，又嗚咽起來。

眾人忙都寬慰解釋，方略略止住。

……眾人見黛玉年貌雖小，其舉止言談不俗，身體面龐雖怯弱不勝，卻有一段自然的風流態度，便知她有不足之症[12]。

因問：「常服何藥，如何不急為療治？」

黛玉道：「我自來是如此，從會吃飲食時便吃藥，到今日未斷，請了多少名醫修方配藥，皆不見效。那一年我才三歲時，聽得說來了一個癩頭和尚，說要化我去出家，我父母固是不從。他又說：『既捨不得她，只怕她的病一生也不能好的了。

12. 不足之症——中醫病症名，由身體虛弱引起。

若要好時，除非從此以後總不許見哭聲；除父母之外，凡有外姓親友之人，一概不見，方可平安了此一世。』瘋瘋癲癲，說了這些不經之談，也沒人理他。如今還是吃人參養榮丸。」

賈母道：「正好，我這裡正配丸藥呢。叫他們多配一料就是了。」

……一語未了，只聽後院中有人笑聲，說：「我來遲了，不曾迎接遠客！」

黛玉納罕道：「這些人個個皆斂聲屏氣，恭肅嚴整如此，這來者係誰，這樣放誕無禮？」

心下想時，只見一群媳婦丫鬟圍擁著一個人從後房門進來。這個人打扮與眾姑娘不同，彩繡輝煌，恍若神妃仙子：頭上戴著金絲八寶攢珠髻[13]，綰著朝陽五鳳掛珠釵[14]；項上戴著赤金盤螭瓔珞圈[15]；裙邊繫著豆綠宮絛、雙衡比目玫瑰佩[16]；身上穿著縷金百蝶穿花大紅洋緞窄褃襖[17]，外罩五彩刻絲石

13. 金絲八寶攢珠髻——用金絲穿繞珍珠和鑲嵌八寶製成珠花髮髻。

14. 朝陽五鳳掛珠釵——一支長釵上分出五股，每股一隻鳳凰，口銜一串珍珠。

15. 赤金盤螭瓔珞圈——螭，古代傳說中的無角龍。瓔珞，聯綴起來的珠玉。圈，項圈。

16. 雙衡比目玫瑰佩——佩，玉佩。比目玫瑰佩是玫瑰色的玉片雕琢成雙魚形的玉佩。衡，亦作「珩」，佩玉上部的小橫槓，用以繫飾物。

青銀鼠褂[18]；下著翡翠撒花洋縐裙。一雙丹鳳三角眼，兩彎柳葉吊梢眉；身量苗條，體格風騷；粉面含春威不露，丹唇未啟笑先聞。

……黛玉連忙起身接見。賈母笑道：「妳不認得她，她是我們這裡有名的一個潑皮破落戶兒[19]，南省俗謂作『辣子』，妳只叫她『鳳辣子』就是。」

黛玉正不知以何稱呼，只見眾姊妹都忙告訴她道：「這是璉嫂子。」

黛玉雖不識，也曾聽見母親說過，大舅賈赦之子賈璉，娶的就是二舅母王氏之內姪女，自幼假充男兒教養的，學名王熙鳳。黛玉忙陪笑見禮，以「嫂」呼之。

這熙鳳攜著黛玉的手，上下細細打量了一回，仍送至賈母身邊坐下，因笑道：「天下真有這樣標緻人物，我今兒才算見了！

17. 縷金百蝶穿花大紅洋緞窄褃襖——指在大紅洋緞的衣面上用金線鏽成百蝶穿花圖案的緊身襖。**褃**（音ㄎㄣˋ），上衣前後兩幅在腋下合縫的部分。

18. 五彩刻絲石青銀鼠褂——石青色的衣面上有各種彩色刻絲，衣裡是銀鼠皮的掛子。**刻絲**，在絲織品上用絲平織成的圖案，與凸出的繡花不同。**石青**，淡灰青色。

19. 潑皮破落戶兒——原指沒有正當生活來源的無賴，此處戲稱鳳姐潑辣。

況且這通身的氣派，竟不像老祖宗的外孫女兒，竟是個嫡親的孫女，怨不得老祖宗天天口頭心頭一時不忘。只可憐我這妹妹這樣命苦，怎麼姑媽偏就去世了！」說著，便用帕拭淚。

賈母笑道：「我才好了，妳倒來招我！妳妹妹遠路才來，身子又弱，也才勸住了，快再休提前話！」

這熙鳳聽了，忙轉悲為喜道：「正是呢！我一見了妹妹，一心都在她身上了，又是喜歡，又是傷心，竟忘記了老祖宗。該打，該打！」

又忙攜黛玉之手，問：「妹妹幾歲了？可也上過學？現吃什麼藥？在這裡不要想家，想要什麼吃的、什麼玩的，只管告訴我；丫頭老婆們不好了，也只管告訴我。」

一面又問婆子們：「林姑娘的行李東西可搬進來了？帶了幾個人來？妳們趕早打掃兩間下房，讓她們去歇歇。」

…說話時，已擺了茶果上來。熙鳳親為捧茶捧果。又見二舅母問她：「月錢放完了不曾？」

熙鳳道：「月錢已放完了。剛才帶著人到後樓上找緞子，找了這半日，也並沒有見昨日太太說的那樣的，想是太太記錯了？」

王夫人道：「有沒有，什麼要緊。」因又說道：「該隨手拿出兩個來給妳這妹妹去裁衣裳的，等晚上想著叫人再去拿罷，可別忘了！」

熙鳳道：「這倒是我先料著了，知道妹妹不過這兩日到的，我已預備下了，等太太回去過了目好送來。」王夫人一笑，點頭不語。

…當下茶果已撤，賈母命兩個老嬤嬤帶了黛玉去見兩個母舅。

此時賈赦之妻邢氏忙亦起身，笑回道：「我帶了外甥女過去，倒也便宜[20]。」

賈母笑道：「正是呢，妳也去罷！不必過來了。」邢夫人答應了一聲「是」字，遂帶了黛玉與王夫人作辭，大家送至穿堂前。出了垂花門，早有眾小廝們拉過一輛翠幄青紬車[21]。邢夫人攜了黛玉，坐在上面，眾婆子們放下車簾，方命小廝們抬起，拉至寬處，方駕上馴騾，亦出了西角門，往東過榮府正門，便入一黑油大門中，至儀門[22]前方下來。眾小廝退出，方打起車簾，邢夫人攙了黛玉的手，進入院中。黛玉度其房屋院宇，必是榮府中花園隔斷過來的。進入三層儀門，果見正房廂廡遊廊，悉皆小巧別緻，不似方才那邊軒峻壯麗；且院中隨處之樹木山石皆有。一時進入正室，早有許多盛妝麗服之姬妾丫鬟迎著。

邢夫人讓黛玉坐了，一面命人到外面書房中請賈赦。一時人來回話說：「老爺說了，連日身上不好，見了姑娘彼此倒傷心，

20. **便宜**—這裡是方便的意思。

21. **翠幄青紬車**—用粗厚的綠色綢類做成車帳的的小車。紬即綢字。

22. **儀門**—舊時官衙、府第大門之內的門，取有象可儀之意，又具裝飾作用。

暫且不忍相見。勸姑娘不要傷心想家，跟著老太太和舅母，即同家裡一樣。姊妹們雖拙，大家一處伴著，亦可以解些煩悶。或有委曲之處，只管說得，不要外道才是。」

黛玉忙站起來，一一聽了。再坐一刻，便告辭。邢夫人苦留吃過晚飯去。黛玉笑回道：「舅母愛惜賜飯，原不應辭，只是還要過去拜見二舅舅，恐領了賜去不恭，異日再領，未為不可。望舅母容諒。」邢夫人聽說，笑道：「這倒是了。」遂令兩三個嬤嬤用方才的車好生送了過去。於是黛玉告辭。邢夫人送至儀門前，又囑咐了眾人幾句，眼看著車去了方回來。

……一時黛玉進了榮府，下了車。眾嬤嬤引著，便往東轉彎，穿過一個東西的穿堂，向南大廳之後，儀門內大院落，上面五間大正房，兩邊廂房鹿頂耳房鑽山[23]，四通八達，軒昂壯麗，

23. 兩邊廂房鹿頂耳房鑽山——兩邊的廂房用鑽山的方式與鹿頂的耳房相連接。

廂房，指四合院中東西兩邊的房子。

耳房，接連在正房兩側的小房子。

鑽山，指山牆上開門或開洞，與相鄰的房子或遊廊相接。

比賈母處不同。黛玉便知這方是正經正內室，一條大甬路，直接出大門的。

進入堂屋中，抬頭迎面先看見一個赤金九龍青地大匾，匾上寫著斗大的三個大字，是「榮禧堂」，後有一行小字：「某年月日，書賜榮國公賈源」，又有「萬幾宸翰之寶[24]」。

大紫檀雕螭案上，設著三尺來高青綠古銅鼎，懸著待漏隨朝墨龍大畫[25]，一邊是金蜼彝[26]，一邊是玻璃盒[27]。地下兩溜十六張楠木交椅。

又有一副對聯，乃是烏木聯牌，鑲著鏨銀[28]的字跡，道是：

座上珠璣昭日月，堂前黼黻煥煙霞。[29]

下面一行小字，道是：「同鄉世教弟勛襲東安郡王穆蒔拜手書」。

……原來王夫人時常居坐宴息，亦不在這正室，只在這正室東邊

24. 萬幾宸翰之寶——這是皇帝印章上的文字。
幾同機，萬機即萬事，形容皇帝政務繁多，日理萬機之意。
宸，北宸，即北極星，皇帝坐北朝南，故以北宸代指皇帝。
翰，墨跡，書法。
宸翰，皇帝的筆跡。
寶，皇帝的印璽。

25. 待漏隨朝墨龍大畫——**待漏**，大臣在五更前到朝房等待上朝的時刻。
漏，指銅壺滴漏，古代計時器，代指時間。
隨朝，按大臣的班列朝見皇帝。
墨龍大畫，巨龍在雲霧海潮中隱現的大幅水墨畫。貴族家中懸此畫以

的三間耳房內。於是老嬤嬤引黛玉進東房門來。臨窗大炕上鋪著猩紅洋罽[30]，正面設著大紅金錢蟒靠背，石青金錢蟒引枕[31]，秋香色[32]金錢蟒大條褥。兩邊設一對梅花式洋漆小几。左邊几上文王鼎匙箸香盒[33]；右邊几上汝窯美人觚[34]——觚內插著時鮮花卉，並茗碗痰盒等物。

地下面西一溜四張椅上，都搭著銀紅撒花椅搭[35]，底下四副腳踏。椅之兩邊，也有一對高几，几上茗碗瓶花俱備。其餘陳設，自不必細說。

老嬤嬤們讓黛玉炕上坐，炕沿上卻也有兩個錦褥對設。黛玉度其位次，便不上炕，只向東邊椅子上坐了。本房內的丫鬟忙捧上茶來。

黛玉一面吃茶，一面打量這些丫鬟們，妝飾衣裙，舉止行動，果亦與別家不同。

示身分地位之榮耀。

26. 金蜼彝——有蜼形圖案的青銅祭器，後作貴重陳設品。蜼，長尾猿。音偉。彝，禮器的通稱。音夷。

27. 玻璃盒——盛酒器。

28. 鏨（音贊）銀——一種銀雕工藝。鏨，雕刻。音贊。

29. 「座上」一聯——兩句形容座中人和堂上客的衣飾華貴，佩戴的珠玉如日月般光彩照人，衣服的圖飾如煙霞般絢麗奪目。珠璣，珍珠。

30. 罽——毯子。音計。

31. 引枕——坐時扶搭胳膊的一種圓墩形的倚枕。

……茶未吃了，只見穿紅綾襖、青緞掐牙[36]背心的一個丫鬟走來笑，說道：「太太說，請姑娘到那邊坐罷！」

老嬤嬤聽了，於是又引黛玉出來，到了東廊三間小正房內。正面炕上橫設一張炕桌，桌上磊著[37]書籍茶具，靠東壁面西，設著半舊的青緞靠背引枕。王夫人卻坐在西邊下首，亦是半舊的青緞靠背坐褥。

見黛玉來了，便往東讓。黛玉心中料定這是賈政之位。因見挨炕一溜三張椅子上，也搭著半舊的彈墨椅袱[38]，黛玉便向椅上坐了。王夫人再四攜她上炕，她方挨王夫人坐了。

王夫人因說：「妳舅舅今日齋戒去了，再見罷。只是有一句話囑咐妳：妳三個姊妹倒都極好，以後一處念書認字、學針線，或是偶一頑笑，都有儘讓的。但我不放心的最是一件：我有一個孽根禍胎，是家裡的『混世魔王』，今日因廟裡還願去了，尚未回來，晚間妳看見便知。妳只以後不用睬他，

32. 秋香色——淡黃綠色。

33. 文王鼎匙箸香盒——文王鼎，指周代的傳國國鼎，此處是說小型仿古香爐，內燃粉狀檀香之類的香料。匙箸，撥香灰的用具。香盒，盛香料的盒子。

34. 汝窯美人觚——宋代河南汝州窯燒製的一種仿古瓷器。觚，古代盛酒器，長身細腰，形如美人。

35. 椅搭——搭在椅上的長方形繡花綢緞飾物。

36. 掐牙——錦緞雙疊成細條，嵌在衣服或背心的夾邊上，僅露少許作為裝飾。

37. 磊著——層疊地放著。

妳這些姊妹都不敢沾惹他的。」

…黛玉亦常聽得母親說過，二舅母生的有個表兄，乃銜玉而誕，頑劣異常，極惡讀書，最喜在內幃[39]廝混；外祖母又極溺愛，無人敢管。今見王夫人如此說，便知說的是這表兄了。因陪笑道：「舅母說的，可是銜玉所生的這位哥哥？在家時亦曾聽見母親常說，這位哥哥比我大一歲，小名就喚寶玉，雖極憨頑，說在姊妹情中極好的。況我來了，自然只和姊妹同處，兄弟們自是別院另室的，豈得去沾惹之理？」

王夫人笑道：「妳不知原故：他與別人不同，自幼因老太太疼愛，原係同姊妹們一處嬌養慣了的。若姊妹們有日不理他，他倒還安靜些，縱然他沒趣，不過出了二門，背地裡拿著他的兩個小么兒[40]出氣，咕唧一會子就完了。

「若這一日姊妹們和他多說一句話，他心裡一樂，便生出多少

38.彈墨椅袱——以紙剪鏤空圖案覆於織品上，用墨色或其他顏色彈或噴成各種圖案花樣，叫彈墨。椅袱，用棉、緞之類做成的椅套。

39.內幃——即內室，女子的居處。

40.小么兒——身邊使喚的小僕人。

事來！所以囑咐妳別睬他。他嘴裡一時甜言蜜語，一時有天無日，一時又瘋瘋傻傻，只休信他。」

黛玉一一的都答應著。

……只見一個丫鬟來回：「老太太那裡傳晚飯了！」王夫人忙攜黛玉從後房門由後廊往西，出了角門，是一條南北寬夾道。南邊是倒座三間小小抱廈廳[41]，北邊立著一個粉油大影壁[42]，後有一半大門，小小一所房室。王夫人笑指向黛玉道：「這是妳鳳姐姐的屋子，回來妳好往這裡找她來，少什麼東西，妳只管和她說就是了。」這院門上也有四五個才總角[43]的小廝，都垂手侍立。王夫人遂攜黛玉穿過一個東西穿堂，便是賈母的後院了。於是，進入後房門，已有多人在此伺候，見王夫人來了，方安設桌椅。賈珠之妻李氏捧飯，熙鳳安箸，王夫人進羹。賈母

41. 倒座、抱廈廳——倒座，是與正房相對，座南朝北的房子。抱廈廳，迴繞堂屋後面的側室。

42. 影壁——俗稱照牆。於門內或門外用作屏障或裝飾。

43. 總角——兒童向上分梳的兩個髮髻，代指兒童時代。

正面榻上獨坐，兩邊四張空椅，熙鳳忙拉了黛玉在左邊第一張椅上坐了。黛玉十分推讓。

賈母笑道：「妳舅母和嫂子們不在這裡吃飯。妳是客，原應如此坐的。」黛玉方告了座，坐了。

賈母命王夫人坐了。迎春姊妹三個告了座，方上來。迎春便坐右手第一，探春左第二，惜春右第二。旁邊丫鬟執著拂塵[44]、漱盂、巾帕。李、鳳二人立於案旁布讓[45]。

外間伺候之媳婦丫鬟雖多，卻連一聲咳嗽不聞。

……寂然飯畢，各有丫鬟用小茶盤捧上茶來。當日林如海教女以惜福養身，云飯後務待飯粒嚥盡，過一時再吃茶，方不傷脾胃。

今黛玉見了這裡許多事情不合家中之式，不得不隨的，少不得一一的改過來，因而接了茶。早有人又捧過漱盂來，黛玉也

44. 拂塵——形如馬尾，後有持柄，用以拂拭塵土，或驅趕蚊蠅。

45. 布讓——宴席間向客人敬菜、勸餐。

照樣漱了口。然後盥手畢，又捧上茶來，方是吃的茶。

賈母便說：「妳們去罷，讓我們自在說話兒。」

王夫人聽了，忙起身，又說了兩句閒話，方引鳳、李二人去了。

賈母因問黛玉念何書。

黛玉道：「只剛念了《四書》。」黛玉又問姊妹們讀何書。

賈母道：「讀的是什麼書，不過是認得兩個字，不是睜眼的瞎子罷了！」

……一語未了，只聽外面一陣腳步響，丫鬟進來笑道：「寶玉來了！」

黛玉心中正疑惑著：「這個寶玉，不知是怎生個憊懶[46]人物、懵懂頑劣之童？」倒不見那蠢物也罷了！

心中想著，忽見丫鬟話未報完，已進來了一個年輕公子：頭上戴著束髮嵌寶紫金冠，齊眉勒著二龍搶珠金抹額[47]；穿一件二

46. 憊懶——涎皮賴臉的意思。

47. 嵌寶紫金冠、二龍搶珠金抹額——**紫金冠**，把頭髮束在頂部的一種髻冠，上面插戴各種飾物或鑲嵌珠玉。**抹額**，圍紮在額前，用以壓髮、束額。**二龍搶珠**，抹額上的圖飾。

48. 二色金百蝶穿花大紅箭袖——用兩色金線繡成的百蝶穿花圖案的大紅窄袖衣服。**箭袖**，原為便於射箭穿的窄袖衣服，此指男子

色金百蝶穿花大紅箭袖[48]，束著五彩絲攢花結長穗宮絛[49]；外罩石青起花八團倭緞排穗褂[50]；登著青緞粉底小朝靴[51]。面若中秋之月，色如春曉之花，鬢若刀裁，眉如墨畫，面如桃瓣，眼若秋波。雖怒時而若笑，即瞋視而有情。項上金螭瓔珞，又有一根五色絲絛，繫著一塊美玉。

…黛玉一見，便吃一大驚，心下想道：「好生奇怪！倒像在那裡見過的一般，何等眼熟到如此！」只見這寶玉向賈母請了安。賈母便命：「去見你娘來！」寶玉即轉身去了。

…一時回來，再看，已換了冠帶：頭上周圍一轉的短髮，都結成小辮，紅絲結束，共攢至頂中胎髮，總編一根大辮，黑亮如漆，從頂至梢，一串四顆大珠，用金八寶墜角[52]；身上穿著銀紅撒花半舊大襖，仍舊帶著項圈、寶玉、寄名鎖、護身

的一種服式。

49. 五彩絲攢花結長穗宮絛——**長穗宮絛**，繫在腰間的絛帶。**五彩絲攢花結**，用五彩絲攢聚成花朵的結子，指絛帶上的裝飾花樣。

50. 石青起花八團倭緞排穗褂——**團**，圓形團花。**倭緞**，又稱東洋緞。**排穗**，排綴在衣服下面邊緣的彩穗。

51. 青緞、朝靴——此指黑色緞面、白色厚底、半高筒的靴子。**青緞**，黑色的緞子。**朝靴**，古代百官穿的「烏皮履」。

符[53]等物；下面半露松花撒花綠綾褲腿，錦邊彈墨襪，厚底大紅鞋。越顯得面如敷粉，唇若施脂；轉盼多情，語言常笑。天然一段風騷，全在眉梢；平生萬種情思，悉堆眼角。看其外貌，最是極好，卻難知其底細。後人有《西江月》二詞，批這寶玉極恰，其詞曰：

無故尋愁覓恨，有時似傻如狂。
縱然生得好皮囊，腹內原來草莽。
潦倒不通世務，愚頑怕讀文章。
行為偏僻性乖張，那管世人誹謗！

富貴不知樂業，貧窮難耐淒涼。
可憐辜負好韶光，於國於家無望。
天下無能第一，古今不肖無雙。
寄言紈褲與膏粱：莫效此兒形狀[54]！

52. **墜角**——指辮梢所墜的飾物。

53. **寄名鎖**、**護身符**——舊時怕幼兒夭亡，給寺院和道觀一些財物，讓幼兒當「寄名」弟子，並在幼兒項下繫一小金鎖，名寄名鎖。**護身符**，從道觀領來的一種符籙，帶在身上，避免災禍。

54. **《西江月》二詞**——**皮囊**，指人的驅殼。**草莽**，喻不學無術。**文章**，此指四書五經及時文八股之類。**樂業**，此指滿意、安於富貴的意思。**紈褲**，代指富家子弟。**紈**，素色細絹。

……賈母因笑道：「外客未見，就脫了衣裳，還不去見你妹妹！」寶玉早已看見多了一個姊妹，便料定是林姑媽之女，忙來作揖。廝見畢歸坐，細看形容，與眾各別：

兩彎似蹙非蹙罥煙眉[55]，一雙似喜非喜含露目。
態生兩靨之愁，嬌襲一身之病。
淚光點點，嬌喘微微。
閑靜時，如姣花照水；行動處，似弱柳扶風。
心較比干多一竅，病如西子勝三分。

……寶玉看罷，笑道：「這個妹妹我曾見過的。」
賈母笑道：「可又是胡說！你又何曾見過她？」
寶玉笑道：「雖然未曾見過她，然我看著面善，心裡就算是舊相識，今日只作遠別重逢，未為不可。」
賈母笑道：「更好，更好，若如此，更相和睦了！」

55. 罥煙眉——形容眉毛像一抹輕煙。罥（音倦），掛的意思。

寶玉便走近黛玉身邊坐下，又細細打量一番，因問：「妹妹可曾讀書？」

黛玉道：「不曾讀書，只上了一年學，些須認得幾個字。」

寶玉又道：「妹妹尊名是那兩個字？」黛玉便說了名字。

寶玉又問表字。黛玉道：「無字。」

寶玉笑道：「我送妹妹一妙字，莫若『顰顰』二字極好！」

探春便問：「何出？」

寶玉道：「《古今人物通考》上說：『西方有石名黛，可代畫眉之墨。』況這林妹妹眉尖若蹙，用取這兩個字，豈不兩妙！」

探春笑道：「只恐又是你的杜撰。」

寶玉笑道：「除《四書》外，杜撰的太多，偏只我是杜撰不成？」

又問黛玉：「可也有玉沒有？」眾人不解其語。黛玉便忖度著，因他有玉，故問我有也無。因答道：「我沒有那個。想來那玉亦是一件罕物，豈能人人有的！」

寶玉聽了，登時發作起痴狂病來，摘下那玉，就狠命摔去，罵道：「什麼罕物，連人之高低不擇，還說『通靈』不『通靈』呢！我也不要這勞什子[56]了！」嚇的眾人一擁爭去拾玉。

……賈母急的摟了寶玉道：「孽障！你生氣，要打罵人容易，何苦摔那命根子！」

寶玉滿面淚痕泣道：「家裡姐姐妹妹都沒有，單我有，我說沒趣，如今來了這麼一個神仙似的妹妹也沒有，可知這不是個好東西！」

賈母忙哄他道：「你這妹妹原有這個來的，因你姑媽去世時，捨不得你妹妹，無法可處，遂將她的玉帶了去了：一則全殉葬之禮，盡你妹妹之孝心；二則你姑媽之靈，亦可權作見了女兒之意。因此她只說沒有這個，不便自己誇張之意。你如

56. 勞什子——如同「東西」、「玩意」，有厭惡之意。

今怎比得她？還不好生慎重帶上，仔細你娘知道了！」說著，便向丫鬟手中接來，親與他帶上。

寶玉聽如此說，想一想，竟大有情理，也就不生別論了。

……當下，奶娘來請問黛玉之房舍。賈母便說：「今將寶玉挪出來，同我在套間暖閣兒[57]裡面，把妳林姑娘暫安置碧紗櫥[58]裡。等過了殘冬，春天再與她們收拾房屋，另作一番安置罷。」寶玉道：「好祖宗，我就在碧紗櫥外的床上很妥當，何必又出來鬧的老祖宗不得安靜。」

賈母想了一想說：「也罷了！」每人一個奶娘並一個丫頭照管，餘者在外間上夜聽喚。一面早有熙鳳命人送了一頂藕合色花帳，並幾件錦被緞褥之類。

……黛玉只帶了兩個人來：一個是自幼奶娘王嬤嬤，一個是十歲

57. 套間、暖閣兒——套間，與正房相連的兩側房間。暖閣，指在套間內再隔斷成小房間，內設炕褥，兩邊安有隔扇，上邊有一橫楣，形成床帳的樣子。

58. 碧紗櫥——亦稱為隔扇門、格門，用以隔斷房間，中間兩扇可以開關。

的小丫頭，亦是自幼隨身的，名喚雪雁。賈母見雪雁甚小，一團孩氣，王嬤嬤又極老，料黛玉皆不遂心省力的，便將自己身邊的一個二等丫頭，名喚鸚哥者與了黛玉。外亦如迎春等例，每人除自幼乳母外，另有四個教引嬤嬤[59]，除貼身掌管釵釧盥沐兩個丫鬟外，另有五六個灑掃房屋來往使役的小丫頭。當下，王嬤嬤與鸚哥陪侍黛玉在碧紗櫥內。寶玉之乳母李嬤嬤，並大丫鬟名喚襲人者，陪侍在外面大牀上。

……原來這襲人亦是賈母之婢，本名珍珠。賈母因溺愛寶玉，生恐寶玉之婢無竭力盡忠之人，素喜襲人心地純良，克盡職任，遂與了寶玉。寶玉因知她本姓花，又曾見舊人詩句上有「花氣襲人」之句[60]，遂回明賈母，更名襲人。這襲人亦有些痴處；服侍賈母時，心中眼中只有一個賈母；如

59. **教引嬤嬤**——職務與皇宮的「諳達」相似。清代皇子一落生，即有保母、乳母各八人，斷乳後增「諳達」，凡飲食、言語、行步、禮節皆教之。

60. **「花氣襲人」句**——全句為「花氣襲人知驟暖」，見宋代陸游詩〈村居喜書〉。

今服侍寶玉，心中眼中又只有個寶玉。只因寶玉性情乖僻，每每規諫，寶玉不聽，心中著實憂鬱。

……是晚，寶玉、李嬤嬤已睡了。她見裡面黛玉和鸚哥猶未安歇，她自卸了妝，悄悄進來，笑問：「姑娘怎麼還不安歇？」

黛玉忙讓：「姐姐請坐。」襲人在床沿上坐了。

鸚哥笑道：「林姑娘正在這裡傷心呢，自己淌眼抹淚的說：『今兒才來，就惹出妳家哥兒的狂病，倘或摔壞了那玉，豈不是因我之過！』因此便傷心，我好容易勸好了。」

襲人道：「姑娘快休如此，將來只怕比這個更奇怪的笑話兒還有呢！若為他這種行止，妳多心傷感，只怕妳傷感不了呢。快別多心！」

黛玉道：「姐姐們說的，我記著就是了。究竟那玉不知是怎麼個來歷，上面還有字跡？」

襲人道：「連一家子也不知來歷，聽得說，落草[61]時從他口裡掏出來的，上頭有現成的穿眼。等我拿來妳看便知。」

黛玉忙止道：「罷了！此刻夜深，明日再看不遲。」大家又敍了一回，方才安歇。

※……※……※

……次日起來，省[62]過賈母，因往王夫人處來，正值王夫人與熙鳳在一處拆金陵來的書信看，又有王夫人之兄嫂處遣了兩個媳婦來說話的。

黛玉雖不知原委，探春等卻都曉得是議論金陵城中所居的薛家姨母之子、姨表兄薛蟠，倚財仗勢，打死人命，現在應天府案下審理。

如今母舅王子騰得了信息，故遣人來告訴這邊，意欲喚取進京之意。要知端詳，且聽下回分解。

61. 落草——婦人分娩曰坐草，引申其義，小兒落生叫落草。

62. 省——子女對父母早上問安叫「省」，晚上服侍就寢叫「定」，故云「昏定晨省」。見《禮記．曲禮上》

◎第四回◎

薄命女偏逢薄命郎
葫蘆僧亂判葫蘆案[1]

…卻說黛玉同姊妹們至王夫人處，見王夫人與兄嫂處的來使計議家務，又說姨母家遭人命官司等語。因見王夫人事情冗雜，姊妹們遂出來，至寡嫂李氏房中來了。

…原來這李氏即賈珠之妻，珠雖夭亡，幸存一子，取名賈蘭，今方五歲，已入學攻書。這李氏亦係金陵名宦之女，父名李守中，曾為國子監祭酒[2]，族中男女無有不誦詩讀書者。至李守中繼承以來，便說「女子無才便有德」，故生李氏時，便不十分令其讀書，只不過將些《女四書》、《列女傳》、

《賢媛集》等三四種書，使她認得幾個字，記得前朝這幾個賢女便罷了；卻只以紡績井臼[3]為要，因取名為李紈，字宮裁。

因此，這李紈雖青春喪偶，居家處膏粱錦繡之中，竟如槁木死灰一般，一概無見無聞，惟知侍親養子，外則陪侍小姑等針黹誦讀而已。今黛玉雖客寄於斯，日有這般姊妹相伴，除老父外，餘者也都無庸慮及了。

※……※……※

……如今且說賈雨村，因補授了應天府，一下馬，就有一件人命官司詳[4]至案下，乃是兩家爭買一婢，各不相讓，以至毆傷人命。彼時雨村即問原告。

那原告道：「被毆死者乃小人之主人。因那日買了一個丫頭，不想是拐子拐來賣的。這拐子先已得了我家銀子，我家小爺

1. 葫蘆——糊塗的諧音。這裡語意雙關，既寓葫蘆僧原住的葫蘆廟，又含「糊塗」之意。

2. 國子監祭酒——國子監的主管官，古代的最高學官。**國子監**，古代最高學府，始建於西晉，稱國子學，隋唐改稱國子監，清末始廢。**祭酒**，古代舉行盛大宴會時，必推舉其中一位長者先舉酒以祭，叫祭酒，後衍為學官名。

3. 井臼——泛指家務事。

4. 詳——舊時下屬向上司呈報請示的公文，此作「上報」解。

原說第三日方是好日子，再接入門。這拐子便又悄悄的賣與薛家，被我們知道了，去找那賣主，奪取丫頭。無奈薛家原係金陵一霸，倚財仗勢，眾豪奴將我小主人竟打死了。凶身主僕已皆逃走，無影無蹤，只剩了幾個局外之人。小人告了一年的狀，竟無人作主。望大老爺拘拿凶犯，剪惡除凶，以救孤寡，死者感戴天恩不盡！」

……雨村聽了，大怒道：「豈有這樣放屁的事！打死人命就白白的走了，再拿不來的？」因發簽差公人立刻將凶犯族中人拿來拷問，令他們實供藏在何處；一面再動海捕文書[5]。正要發簽時，只見案邊立的一個門子[6]使眼色兒，不令他發簽。雨村心下甚是疑怪，只得停了手。即時退堂，至密室，便從皆退去，只留門子服侍。這門子忙上來請安，笑問：「老爺一向加官進祿，八九年來就忘了我了？」

5. 海捕文書——古代官府通令各地捕拿逃犯的公文，即後來的通緝令。

6. 門子——舊時官衙中從事看門、傳達、站班等雜務的差役。

雨村道：「卻十分面善得緊，只是一時想不起來。」

那門子笑道：「老爺真是貴人多忘事，把出身之地竟忘了，不記當年葫蘆廟裡之事？」

雨村聽了，如雷震一驚，方想起往事。原來這門子本是葫蘆廟內一個小沙彌[7]，因被火之後，無處安身，欲投別廟去修行，又耐不得清涼景況，因想這件生意倒還輕省熱鬧，遂趁年紀蓄了髮，充了門子。

雨村那裡料得是他，便忙攜手笑道：「原來是故人。」又讓了坐好談。

這門子不敢坐。雨村笑道：「貧賤之交不可忘。你我故人也；二則此係私室，既欲長談，豈有不坐之理？」

這門子聽說，方告了座，斜簽著坐[8]了。

……雨村因問方才何故有不令發簽之意。這門子道：「老爺既榮

7. **沙彌**——凡男子初出家受十戒者通稱沙彌，俗多以稱呼年幼的小和尚。

8. **斜簽著坐**——側身直腰坐在凳子邊沿，表示謙恭。

任到這一省，難道就沒抄一張本省『護官符』來不成？」

雨村忙問：「何為『護官符』？我竟不知。」

門子道：「這還了得！連這個不知，怎能作得長遠！如今凡作地方官者，皆有一個私單，上面寫的是本省最有權有勢、極富極貴的大鄉紳名姓，各省皆然；倘若不知，一時觸犯了這樣的人家，不但官爵，只怕連性命還保不成呢！所以綽號叫作『護官符』。

「方才所說的這薛家，老爺如何惹得他！他這件官司並無難斷之處，皆因都礙著情分臉面，所以如此。」

一面說，一面從順袋中取出一張抄寫的『護官符』來，遞與雨村，看時，上面皆是本地大族名宦之家的諺俗口碑[9]。其口碑排寫得明白，下面所皆注的皆是自始祖官爵並房次。石頭亦曾照樣抄寫了一張，今據石上所抄云：

賈不假，白玉為堂金作馬。

9.口碑—比喻人們口頭上所傳誦的，如同刻在石碑上一樣不可磨滅。

10.「賈不假」句及注—此句極言賈府的尊貴豪富。房分，家族的一支叫「一房」。

11.「阿房宮」句及注—此句形容史府門第顯赫。尚書令，秦時掌章奏文書，東漢時為總理政事，魏晉時即為宰相。明清時廢。

寧國、榮國二公之後，共二十房分，除寧榮親派八房在都外，現原籍住者十二房[10]。

阿房宮，三百里，住不下金陵一個史。

保齡侯尚書令史公之後，房分共十八，都中現住者十房，原籍現居八房[11]。

東海缺少白玉床，龍王來請金陵王。

都太尉統制縣伯王公之後，共十二房，都中二房，餘在籍[12]。

豐年好大雪，珍珠如土金如鐵。

紫薇舍人薛公之後，現領內府帑銀行商，共八房分[13]。

……雨村猶未看完，忽聞傳點[14]，人報：「王老爺來拜。」雨村聽說，忙具衣冠出去迎接。有頓飯工夫，方回來細問。這門子道：「這四家皆連絡有親，一損皆損，一榮皆榮，扶持遮飾，俱有照應的。今告打死人之薛，就係『豐年大雪』之薛也。也不單靠這三家，他的世交親友在都在外者，本亦不

12.「東海缺少白玉床」句及注——此句極言王家多奇珍異寶。

太尉，古官名。

13.「豐年好大雪」句及注——此句極言薛家錢財之多。

紫薇舍人，即中書舍人，為撰擬誥敕的專官，以有文學資望者充任。

帑銀，國庫所藏之錢財。

14. 傳點——古代官署或大官私邸，二門旁常設有一種金屬的響器叫「點」，擊之報時或集眾叫「傳點」。「點」多鑄成雲頭形，故又稱「雲板」。

少。老爺如今拿誰去？」

雨村聽如此說，便笑問門子道：「如你這樣說來，卻怎麼了結此案？你大約也深知這凶犯躲的方向了？」

……門子笑道：「不瞞老爺說，不但這凶犯躲的方向我知道，一併這拐賣之人我也知道，死鬼買主也深知道。待我細說與老爺聽：這個被打之死鬼，乃是本地一個小鄉紳之子，名喚馮淵，自幼父母早亡，又無兄弟，只他一個人守著些薄產過日子。長到十八九歲上，酷愛男風[15]，最厭女子。「這也是前生冤孽，可巧遇見這拐子賣丫頭，他便一眼看上了這丫頭，立意買來作妾，立誓再不交結男子，也不再娶第二個了，所以三日後方過門。「誰曉這拐子又偷賣與了薛家，他意欲捲了兩家銀子，再逃往他省；誰知又不曾走脫，兩家拿住，打了個臭死，都不肯收

15. 男風——即男色，也叫男寵。

銀，只要領人。

「那薛家公子豈是讓人的，便喝著手下人一打，將馮公子打了個稀爛，抬回家去，三日死了。

「這薛公子原是早已擇定日子上京去的，頭起身兩日前，就偶然遇見了這丫頭，意欲買了就進京的，誰知鬧出這事來。既打了馮公子，奪了丫頭，他便沒事人一般，只管帶了家眷走他的路。

「他這裡自有兄弟奴僕在此料理，並不為此些些小事值得他一逃走的。這且別說，老爺你當被賣的丫頭是誰？」

雨村笑道：「我如何得知。」

門子冷笑道：「這人算來還是老爺的大恩人呢！她就是葫蘆廟旁住的甄老爺的小姐，名喚英蓮的。」

雨村駭然道：「原來就是她！聞得養至五歲被人拐去，卻如今才來賣呢？」

……門子道：「這一種拐子單管偷拐五六歲的兒女，養在一個僻靜之處，到十一二歲，度其容貌，帶至他鄉轉賣。當日，這英蓮我們天天哄她玩耍；雖隔了七八年，如今十二三歲的光景，其模樣雖然出脫得齊整好些，然大概相貌，自是不改，熟人易認。況且她眉心中原有米粒大小的一點胭脂痣，從胎裡帶來的，所以我卻認得。

「偏生這拐子又租了我的房舍居住。那日，拐子不在家，我也曾問她。她是被拐子打怕了的，萬不敢說，只說拐子係她親爹，因無錢償債，故賣她。

「我又哄之再四，她又哭了，只說：『我原不記得小時之事。』這可無疑了！

「那日馮公子相看了，兌了銀子，拐子醉了，她自嘆道：『我今日罪孽可滿了！』後又聽得馮公子令三日之後才娶過門，她又轉有憂愁之態。我又不忍其形景，等拐子出去，又命內人去解釋她：『這馮公子必待好日期來接，可知必不以丫鬟相看。況他是個絕風流人品，家裡頗過得，素習又最厭惡堂客，今竟破價買妳，後事不言可知。只耐得三兩日，何必憂悶！』

「她聽如此說，方才略解憂悶，自為從此得所。誰料天下竟有這等不如意事，第二日，她偏又賣與了薛家。若賣與第二個人還好，這薛公子的混名人稱『呆霸王』，最是天下第一個弄性尚氣的人，而且使錢如土，遂打了個落花流水，生拖死拽，把個英蓮拖去，如今也不知死活。這馮公子空喜一場，一念未遂，反花了錢，送了命，豈不可嘆！」

……雨村聽了，亦嘆道：「這也是他們的孽障遭遇，亦非偶然。這馮淵如何偏只看準了這英蓮？這英蓮受了拐子這幾年折磨，才得了個頭路，且又是個多情的，若能聚合了，倒是件美事，偏又生出這段事來。這薛家縱比馮家富貴，想其為人，自然姬妾眾多，淫佚無度，未必及馮淵定情於一人者。這正是夢幻情緣，恰遇一對薄命兒女。且不要議論他，只目今這官司，如何剖斷才好？」

門子笑道：「老爺當年何等明決，今日何反成個沒主意的人了！小的聞得老爺補陞此任，亦係賈府、王府之力；此薛蟠即賈府之親，老爺何不順水行舟，作個整人情，將此案了結，日後也好去見賈、王二公的面。」

雨村道：「你說的何嘗不是。但事關人命，蒙皇上隆恩，起復委用，實是重生再造，正當殫心竭力圖報之時，豈可因私而廢法！是我實不能忍為者。」

門子聽了，冷笑道：「老爺說的何嘗不是大道理，但只是如今世上是行不去的。豈不聞古人有云：『大丈夫相時而動』，又曰『趨吉避凶者為君子』。依老爺這一說，不但不能報效朝廷，亦且自身不保，還要三思為妥。」

……雨村低了半日頭，方說道：「依你怎麼樣？」門子道：「小人已想了個極好的主意在此：老爺明日坐堂，只管虛張聲勢，動文書，發籤拿人。原凶自然是拿不來的，原告固是定要，自然將薛家族中及奴僕人等拿幾個來拷問。小的在暗中調停，令他們報個暴病身亡，令族中及地方上共遞一張保呈。老爺只說善能扶鸞請仙，堂上設下乩壇，令軍民人等只管來看。

「老爺就說：『乩仙批了，死者馮淵與薛蟠原因夙孽相逢，今狹路既遇，原應了結。薛蟠今已得了無名之病，被馮魂追索已死。其禍皆因拐子某人而起，拐之人原係某鄉某姓人氏，按法處治，餘不略及』等語。

「小人暗中囑托拐子，令其實招。眾人見乩仙批語與拐子相符，餘者自然也都不虛了。

「薛家有的是錢，老爺斷一千也可，五百也可，與馮家作燒埋之費。那馮家也無甚要緊的人，不過為的是錢，見有了這個銀子，想來也就無話了。老爺細想此計如何？」

雨村笑道：「不妥，不妥。等我再斟酌斟酌，或可壓服口聲[16]。」二人計議，天色已晚，別無話說。

……至次日，坐堂，勾取一應有名人犯，雨村詳加審問。果見馮家人口稀疏，不過賴此欲多得些燒埋之費。薛家仗勢倚情，偏不相讓，故致顛倒未決。雨村便徇情枉法，胡亂判斷了此案。馮家得了許多燒埋銀子，也就無甚話說了。

雨村斷了此案，急忙作書信二封，與賈政並京營節度使王子騰，不過說「令甥之事已完，不必過慮」等語。此事皆由葫蘆廟內之沙彌新門子所出，雨村又恐他對人說出當日貧賤時

16. **口聲**——指眾人的議論。

的事來，因此心中大不樂業，後來到底尋了個不是，遠遠的充發[17]了他才罷。

……※……※……※……

……當下言不著雨村。且說那買了英蓮、打死馮淵的薛公子，亦係金陵人氏，本是書香繼世之家。只是如今這薛公子幼年喪父，寡母又憐他是個獨根孤種，未免溺愛縱容些，遂至老大無成；且家中有百萬之富，現領著內帑錢糧，採辦雜料。

這薛公子學名薛蟠，表字文龍，五歲上就性情奢侈，言語傲慢。雖也上過學，不過略識幾字，終日惟有鬥雞走馬[18]，遊山玩水而已。

雖是皇商[19]，一應經濟世事，全然不知，不過賴祖父舊日的情分，戶部掛虛名，支領錢糧，其餘事體，自有夥計老家人等措辦。

17. 充發——即充軍發配。

18. 鬥雞走馬——形容貴族子弟不務正業，遊蕩享樂。**鬥雞**，用雞相鬥博輸贏的一種遊戲。**走馬**，馳馬遊獵。

19. 皇商——清代的一種特權階級，專為宮廷採辦購置各種用品。

……寡母王氏乃現任京營節度使王子騰之妹，與榮國府賈政的夫人王氏，是一母所生的姊妹。今年方四十上下年紀，只有薛蟠一子。還有一女，比薛蟠小兩歲，乳名寶釵，生得肌骨瑩潤，舉止嫻雅。

當日有她父親在日，酷愛此女，令其讀書識字，較之乃兄竟高過十倍。自父親死後，見哥哥不能依貼母懷，她便不以書字為事，只留心針黹家計等事，好為母親分憂解勞。

近因今上[20]崇詩尚禮，徵採才能，降不世出之隆恩[21]，除聘選妃嬪外，凡世宦名家之女，皆親名達部，以備選為公主郡主[22]入學陪侍，充為才人贊善[23]之職。二則自薛蟠父親死後，各省中所有的買賣承局、總管、夥計人等，見薛蟠年輕不諳世事，便趁時拐騙起來，京都中幾處生意，漸亦消耗。

薛蟠素聞得都中乃第一繁華之地，正思一遊，便趁此機會，一為送妹待選，二為望親，三因親自入部銷算舊帳，再計新

20. 今上——古代對當朝皇帝的稱謂。

21. 不世出之隆恩——特別大的恩典。不世出，不常出現。

22. 郡主——親王之女。

23. 才人，贊善——才人，宮中女官名，品位低於皇帝嬪妃。贊善，太子宮中官名，掌侍從、講授，這裡為宮中女官名。

支，其實則為遊覽上國風光之意。

因此早已打點下行裝細軟，以及餽送親友各色土物人情等類，正擇日已定，不想偏遇見了拐子重賣英蓮。薛蟠見英蓮生得不俗，立意買她，又遇馮家來奪人，因恃強喝令手下豪奴將馮淵打死。

他便將家中事務囑了族中人並幾個老家人，他便同了母妹等竟自起身長行去了。人命官司一事，他卻視為兒戲，自為花上幾個臭錢，沒有不了的。

……在路不記其日。那日，已將入都時，卻又聞得母舅王子騰陞了九省統制，奉旨出都查邊。薛蟠心中暗喜道：「我正愁進京去有個嫡親的母舅管轄著，不能任意揮霍揮霍，偏如今又陞出去了，可知天從人願。」

因和母親商議道：「咱們京中雖有幾處房舍，只是這十來年沒人進京居住，那看守的人未免偷著租賃與人，須得先著幾個人去打掃收拾才好。」

他母親道：「何必如此招搖！咱們這一進京，原是先拜望親友，或是在你舅舅家，或是你姨爹家。他兩家的房舍極是方便的，咱們先能著[24]住下，再慢慢的著人去收拾，豈不消停[25]些。」

薛蟠道：「如今舅舅正陞了外省去，家裡自然忙亂起身，咱們這工夫反一窩一拖的奔了去，豈不沒眼色。」

他母親道：「你舅舅家雖陞了去，還有你姨爹家。況這幾年來，你舅舅、姨娘兩處，每每帶信捎書，接咱們來，如今既來了，你舅舅雖忙著起身，你賈家姨娘未必不苦留我們。

「咱們且忙忙收拾房屋，豈不使人見怪？你的意思我卻知道：守著舅舅、姨爹住著，未免拘緊了你，不如你各自住著，好任意施為的。你既如此，你自去挑所宅子去住，我和你姨娘

24. 能著—將就的意思。

25. 消停—鬆快閒舒、從容不迫的意思。

姊妹們別了這幾年，卻要廝守幾日，我帶了你妹子投你姨娘家去，你道好不好？」

薛蟠見母親如此說，情知扭不過的，只得吩咐人夫一路奔榮國府來。

……那時王夫人已知薛蟠官司一事，虧賈雨村就中維持了結，才放了心。又見哥哥陞了邊缺，正愁又少了娘家的親戚來往，更加寂寞。

過了幾日，忽家人傳報：「姨太太帶了哥兒姊兒，合家進京，正在門外下車。」喜得王夫人忙帶了媳婦、女兒等接出大廳，將薛姨媽等接了進來。

姊妹們暮年相會，自不必說，悲喜交集。泣笑敍闊一番，忙又引了拜見賈母，將人情土物各種酬獻了。合家俱廝見過，忙又治席接風。

⋯薛蟠已拜見過賈政，賈璉又引著拜見了賈赦、賈珍等。賈政便使人上來對王夫人說：「姨太太已有了春秋[26]，外甥年輕不知世路，在外住著恐有人生事。咱們東北角上梨香院一所十來間房，白空閒著，趕著打掃了，請姨太太和哥兒姊兒住了甚好。」

王夫人未及留，賈母也就遣人來說：「請姨太太就在這裡住下，大家親密些」等語。

薛姨媽正要同居一處，方可拘緊些兒，若另住在外，又恐他縱性惹禍，遂忙道謝應允。

又私與王夫人說明：「一應日費供給，一概免卻，方是處常之法。」王夫人知她家不難於此，遂亦從其願。從此後，薛家母子就在梨香院住了。

⋯原來這梨香院即乃當日榮公暮年養靜之所，小小巧巧，約有

26. 春秋——對別人年歲的敬稱。

十餘間房屋，前廳後舍俱全。另有一門通街，薛蟠家人就走此門出入。西南有一角門，通一夾道，出了夾道，便是王夫人正房的東院了。

每日或飯後，或晚間，薛姨媽便過來，或與賈母閒談，或與王夫人相敍。寶釵日與黛玉、迎春姊妹等一處，或看書下棋，或作針黹，倒也十分樂業。

只是薛蟠起初之心，原不欲在賈宅居住者，生恐姨父管約拘禁，料必不自在的；無奈母親執意在此，且宅中又十分殷勤苦留，只得暫且住下；一面使人打掃出自己的房屋，再移居過去的。

誰知自在此間住了不上一月的光景，賈宅族中凡有的子姪，俱已認熟了一半，凡是那些紈氣習者，莫不喜與他來往。今日會酒，明日觀花，甚至聚賭嫖娼，漸漸無所不至，引誘得薛蟠比當日更壞了十倍。

雖然賈政訓子有方，治家有法，一則族大人多，照管不到這些；二則現任族長乃是賈珍，彼乃寧府長孫，又現襲職，凡族中事，自有他掌管；三則公私冗雜，且素性瀟洒，不以俗務為要，每公暇之時，不過看書著棋而已，餘事多不介意。況且這梨香院相隔兩層房舍，又有街門另開，任意可以出入，所以這些子弟們竟可以放意暢懷的，因此遂將移居之念漸漸打滅了。要知端的，且聽下回分解。

◎第五回◎

遊幻境指迷十二釵　飲仙醪[1]曲演紅樓夢

…第四回中既將薛家母子在榮府中寄居等事略已表明，此回則暫不能寫矣。

…如今且說林黛玉自在榮府以來，賈母萬般憐愛，寢食起居，一如寶玉，迎春、探春、惜春三個親孫女倒且靠後；便是寶玉和黛玉二人之親密友愛處，亦自較別個不同，日則同行同坐，夜則同息同止，真是言和意順，略無參商[2]。

不想如今忽然來了一個薛寶釵，年歲雖大不多，然品格端方，容貌豐美，人多謂黛玉所不及。而且寶釵行為豁達，隨分從時，不比黛玉孤高自許，目無下塵，故比黛玉大得下人之心。便是那些小丫頭子們，亦多喜與寶釵去玩笑。因此黛玉心中便有些悒鬱不忿之意，寶釵卻渾然不覺。

那寶玉亦在孩提之間，況自天性所稟來的一片愚拙偏僻，視姊妹弟兄皆出一意，並無親疏遠近之別。其中因與黛玉同隨賈母一處坐臥，故略比別個姊妹熟慣些。既熟慣，則更覺親密；既親密，則不免一時有求全之毀，不虞之隙[3]。

……這日，不知為何，他二人言語有些不合起來，黛玉又氣的獨在房中垂淚，寶玉又自悔言語冒撞，前去俯就，那黛玉方漸漸的回轉來。

……※……※……※……

……因東邊寧府中花園內梅花盛開，賈珍之妻尤氏乃治酒，請賈母、邢夫人、王夫人等賞花。是日，先攜了賈蓉之妻二人來

1. 仙醪—仙酒。醪，本指未經過濾汁滓的原釀，後用以指醇酒。

2. 略無參商—形容彼此感情融洽。

3. 求全之毀，不虞之隙—因要求完美而常有責難，因相處親密而常有料想不到的衝突。毀，詆毀。

面請。賈母等於早飯後過來，就在會芳園遊玩，先茶後酒，不過皆是寧、榮二府女眷家宴小集，並無別樣新文趣事可記。

……一時寶玉倦怠，欲睡中覺。賈母命人好生哄著，歇息一回再來。

賈蓉之妻秦氏便忙笑回道：「我們這裡有給寶叔收拾下的屋子，老祖宗放心，只管交與我就是了。」

又向寶玉的奶娘、丫鬟等道：「嬤嬤、姐姐們，請寶叔隨我這裡來。」

賈母素知秦氏是個極妥當的人，生的嬝娜纖巧，行事又溫柔和平，乃重孫媳中第一個得意之人，見她去安置寶玉，自是安穩的。

……當下秦氏引了一簇人來至上房內間。寶玉抬頭看見一幅畫貼在上面，畫的人物固好，其故事乃是《燃藜圖》[4]，也不看係何人所畫，心中便有些不快。又有一幅對聯，寫的是：

世事洞明皆學問，人情練達即文章。

及看了這兩句，縱然室宇精美，鋪陳華麗，亦斷斷不肯在這裡了。忙說：「快出去！快出去！」

秦氏聽了笑道：「這裡還不好，可往那裡去呢？不然往我屋裡去吧。」

寶玉點頭微笑。有一個嬤嬤說道：「那裡有個叔叔往姪兒房裡睡覺的理？」

秦氏笑道：「噯喲喲，不怕他惱。他能多大了，就忌諱這些個！上月你沒看見我那個兄弟來了，雖然與寶叔同年，兩個人若站在一處，只怕那個還高些呢。」

4. 燃藜圖——這是勸人勤學苦讀的畫。藜，一年生草本植物，莖高數尺，老可為杖；燃燒時光亮耐久，可以當燭。

寶玉道：「我怎麼沒見過？妳帶他來我瞧瞧。」

眾人笑道：「隔著二三十里，哪裡帶去？見的日子有呢。」

說著，大家來至秦氏房中。剛至房門，便有一股細細的甜香襲人而來。寶玉便覺得眼餳骨軟，連說：「好香！」入房向壁上看時，有唐伯虎畫的《海棠春睡圖》[5]，兩邊有宋學士秦太虛寫的一副對聯[6]，其聯云：

嫩寒鎖夢因春冷，芳氣籠人是酒香。

案上設著武則天當日鏡室中設的寶鏡[7]，一邊擺著飛燕立著舞過的金盤[8]，盤內盛著安祿山擲過傷了太真乳的木瓜[9]。上面設著壽昌公主於含章殿下臥的榻[10]，懸的是同昌公主製的聯珠帳。

寶玉含笑連說：「這裡好！」

秦氏笑道：「我這屋子，大約神仙也可以住得了。」說著親自

5. 海棠春睡圖——唐伯虎所繪貴妃醉態。

6. 秦太虛寫的一副對聯——北宋詞人秦觀，一字太虛。**嫩寒**，春天的微寒。**鎖夢**，春睡沉沉、鎖於夢鄉之意。

7. 武則天當日鏡室中設的寶鏡——唐高宗的皇后武則天，相傳在宮中造了一座鏡殿。

8. 飛燕立著舞過的金盤——漢成帝的皇后趙飛燕，身輕善舞。

9. 安祿山擲過傷了太真乳的木瓜——**太真**，即楊玉環，道號太真，受寵於唐玄宗，封為貴妃。

展開了西子浣過的紗衾[11]，移了紅娘抱過的鴛枕[12]。

於是，眾奶母服侍寶玉臥好，款款散了，只留襲人、媚人、晴雯、麝月四個丫鬟為伴。秦氏便吩咐小丫鬟們，好生在廊檐下看著貓兒狗兒打架。

……那寶玉剛合上眼，便惚惚的睡去，猶似秦氏在前，遂悠悠蕩蕩，隨了秦氏至一所在。但見朱欄白石，綠樹清溪，真是人跡稀逢，飛塵不到。

寶玉在夢中歡喜，想道：「這個去處有趣，我就在這裡過一生，縱然失了家也願意，強如天天被父母、師傅打呢。」一正胡思之間，忽聽山後有人作歌曰：

春夢隨雲散，飛花逐水流。
寄言眾兒女，何必覓閒愁！

安史之亂前，玄宗寵信安祿山，楊貴妃與安祿山關係曖昧。擲、指音同，瓜、爪形近，或由此訛轉附會而來。

10. 壽昌公主於含章殿下臥的榻——壽昌公主應是壽陽公主之誤。壽陽公主乃南朝宋武帝劉裕的女兒，相傳曾臥於含章殿檐下，梅花落於額上，拂之不去，宮女效之，即梅花妝是也。

11. 西子浣過的紗衾——傳說中有西子浣紗的故事。西子，即西施。衾，被子。

寶玉聽了，是女子的聲音。歌音未息，早見那邊走出一個人來，蹁躚嫋娜，端的與人不同。有賦[13]為證：

方離柳塢，乍出花房。但行處，鳥驚庭樹；將到時，影度迴廊。仙袂乍飄兮，聞麝蘭之馥郁；荷衣欲動兮，聽環佩之鏗鏘。靨笑春桃兮，雲堆翠髻；唇綻櫻顆兮，榴齒[14]含香。纖腰之楚楚兮，迴風舞雪；珠翠之輝輝兮，滿額鵝黃[15]。出沒花間兮，宜嗔宜喜；徘徊池上兮，若飛若揚。蛾眉顰笑兮，將言而未語；蓮步乍移兮，待止而欲行。羨彼之良質兮，冰清玉潤；羨彼之華服兮，閃灼文章[16]。愛彼之貌容兮，香培玉琢[17]；

12. 紅娘抱過的鴛枕——紅娘，崔鶯鶯的丫鬟。此指鶯鶯到西廂與張生幽會時，紅娘送衾枕事。

13. 賦——文體名，盛於兩漢，有駢體也有散體。

14. 榴齒——形容牙齒整齊如一排石榴子。

15. 滿額鵝黃——婦女在額上塗嫩黃色作裝飾的習俗。

16. 閃灼文章——花紋燦爛。文章，花紋錯雜相間。

17. 香培玉琢——用香料造就，用美玉雕成。

美彼之態度兮，鳳翥龍翔[18]。
其素若何？春梅綻雪。其潔若何？秋菊被霜。
其靜若何？松生空谷。其艷若何？霞映澄塘。
其文若何？龍游曲沼。其神若何？月射寒江。
應慚西子，實愧王嬙[19]。奇矣哉！
生於孰地，來自何方？信矣乎！瑤池不二，紫府無雙[20]。
果何人哉？如斯之美也！

……寶玉見是一個仙姑，喜得忙上來作揖問道：「神仙姐姐不知從那裡來，如今要往那裡去？也我不知這裡是何處，望乞攜帶攜帶。」

那仙姑笑道：「吾居離恨天之上，灌愁海之中，乃放春山遣香洞太虛幻境警幻仙姑是也：司人間之風情月債，掌塵世之女怨男痴。因近來風流冤孽，纏綿於此處，是以前來訪察機

18. 鳳翥龍翔——意即龍飛鳳舞，形容仙子體態飄逸。翥（音助），意指鳥向上飛。

19. 王嬙——即王昭君，漢元帝時美人。

20. 瑤池、紫府——均傳說中的仙境。瑤池在崑崙山上，紫府在青丘鳳山。

會，布散相思。今忽與你相逢，亦非偶然。此離吾境不遠，別無他物，僅有自採仙茗一盞，親釀美酒一甕，素練魔舞[21]歌姬數人，新填《紅樓夢》仙曲十二支，試隨吾一遊否？」

寶玉聽說，便忘了秦氏在何處，竟隨了仙姑，至一所在，有石牌橫建，上書「太虛幻境」四個大字，兩邊一副對聯，乃是：

假作真時真亦假，無為有處有還無。

轉過牌坊，便是一座宮門，上面橫書四個大字，道是：「孽海情天」。又有一副對聯，大書云：

厚地高天，堪嘆古今情不盡；
痴男怨女，可憐風月債難償。

……寶玉看了，心下自思道：「原來如此！但不知何為『古今之

21. **魔舞**—即天魔舞。本為唐代一種宮廷樂舞，以宮女十六人，盛妝扮成菩薩相，有多種樂器伴奏，應節而舞。

情』，又何為『風月之債』？從今倒要領略領略。」

寶玉只顧如此一想，不料早把些邪魔招入膏肓了。當下隨了仙姑進入二層門內，只見兩邊配殿皆有匾額對聯，一時看不盡許多，惟見有幾處寫的是：「痴情司」、「結怨司」、「朝啼司」、「夜哭司」、「春感司」、「秋悲司」。

看了，因向仙姑道：「敢煩仙姑引我到那各司中遊玩遊玩，不知可使得？」

仙姑道：「此各司中皆貯的是普天之下所有的女子過去未來的簿冊，你凡眼塵軀，未便先知的。」

寶玉聽了，那裡肯依，復央之再四。仙姑無奈，說：「也罷，就在此司內略隨喜隨喜罷了。」

寶玉喜不自勝，抬頭看這司的匾上，乃是「薄命司」三字，兩邊對聯寫的是：

春恨秋悲皆自惹，花容月貌為誰妍？

……寶玉看了，便知感嘆。進入門來，只見有十數個大櫥，皆用封條封著。看那封條上，皆是各省的地名。寶玉一心揀自己的家鄉封條看，遂無心看別省的了。只見那邊櫥上封條上大書七字云：「金陵十二釵正冊」。

寶玉問道：「何為『金陵十二釵正冊』？」

警幻道：「即貴省中十二冠首女子之冊，故為『正冊』。」

寶玉道：「常聽人說，金陵極大，怎麼只十二個女子？如今單我家裡，上上下下，就有幾百女孩子呢。」

警幻冷笑道：「貴省女子固多，不過擇其緊要者錄之。下邊二櫥則又次之。餘者庸常之輩，則無冊可錄矣。」

寶玉聽說，再看下首二櫥上，果然寫一個著「金陵十二釵副冊」，又一個寫著「金陵十二釵又副冊」。寶玉便伸手先將「又副冊」櫥門開了，拿出一本冊來，揭開一看，只見這首頁上畫著一幅畫，又非人物，也無山水，不過是水墨滃染的滿紙烏雲濁霧而已。後有幾行字跡，寫的是：

霽月難逢，彩雲易散。
心比天高，身為下賤。
風流靈巧招人怨。
壽夭多因毀謗生，多情公子空牽念[22]。

……寶玉看了，又見後面畫著一簇鮮花，一床破席，也有幾句言詞，寫道是：

枉自溫柔和順，空云似桂如蘭。
堪羨優伶有福，誰知公子無緣！[23]

寶玉看了不解。遂擲下這個，又去開了副冊櫥門，拿起一本冊來，揭開看時，只見畫著一株桂花，下面有一池沼，其中水涸泥乾，蓮枯藕敗，後面書云：

22.「**霽月難逢**」一首——晴雯判詞。
畫面喻晴雯處境的汙濁與險惡。
雨過天晴的明月叫「霽月」，點「晴」字，喻晴雯人品高尚，然而遭遇劫難。
多情公子，指賈寶玉。

23.「**枉自溫柔和順**」一首——襲人判詞。
優伶，古代對歌舞戲劇藝人的稱謂，這裡指蔣玉函。
公子，指賈寶玉。

根並荷花一莖香，平生遭際實堪傷。
自從兩地生孤木，致使香魂返故鄉。[24]

寶玉看了仍不解。便又擲了，再去取「正冊」看，只見頭一頁上便畫著兩株枯木，木上懸著一圍玉帶；又有一堆雪，雪下一股金簪。也有四句言詞，道是：

可嘆停機德，堪憐詠絮才。
玉帶林中挂，金簪雪裡埋。[25]

寶玉看了仍不解。待要問時，情知她必不肯洩漏；待要丟下，又不捨。遂又往後看時，只見畫著一張弓，弓上挂著香櫞。也有一首歌詞云：

二十年來辨是非，榴花開處照宮闈。
三春爭及初春景，虎兕相逢大夢歸。[26]

24.「根並荷花一莖香」一首——香菱判詞。「根並荷花」指菱根挨著蓮根，隱寓香菱就是原來的英蓮。

25.「可嘆停機德」一首——薛寶釵和林黛玉判詞。
停機德，指符合道德規範的婦德，指薛寶釵。
詠絮才，指女子敏捷的才思，指林黛玉。
金簪雪裡埋，金簪喻寶釵，雪諧音薛。此句暗寓結局之冷落與淒苦。

26.「二十年來辨是非」一首——元春判詞。
三春，隱指迎春、探春、惜春。
初春，指元春。

後面又畫著兩人放風箏，一片大海，一只大船，船中有一女子掩面泣涕之狀。也有四句寫云：

才自精明志自高，生於末世運偏消。
清明涕送江邊望，千里東風一夢遙。[27]

後面又畫幾縷飛雲，一灣逝水。其詞曰：

富貴又何為，襁褓之間父母違。
展眼弔斜暉，湘江水逝楚雲飛。[28]

後面又畫著一塊美玉，落在泥垢之中。其斷語云：

欲潔何曾潔，雲空未必空。
可憐金玉質，終陷淖泥中。[29]

後面忽見畫著個惡狼，追撲一美女，欲啖之意。其書云：

爭及，怎及。
兕，犀牛類猛獸。

27.「**才自精明志自高**」一首—探春判詞。
運偏消，命運偏偏愈來愈不濟。

28.「**富貴又何為**」一首—史湘雲判詞。
前二句說史湘雲自幼父母雙亡，家庭的富貴不能給她溫暖。
襁，背孩子用的繫帶。
褓，包孩子用的小被。
後二句說史湘雲婚後好景不長，夫妻離散。

29.「**欲潔何曾潔**」一首—妙玉判詞。
潔，既指清潔，亦指佛教所說的淨。
金玉質，喻妙玉出身不凡，心性高潔。

子係中山狼，得志便猖狂。
金閨花柳質，一載赴黃粱。[30]

後面便是一所古廟，裡面有一美人在內看經獨坐。其判云：

勘破三春景不長，緇衣頓改昔年妝。
可憐繡戶侯門女，獨臥青燈古佛旁。[31]

後面便是一片冰山，上面有一只雌鳳。其判曰：

凡鳥偏從末世來，都知愛慕此生才。
一從二令三人木，哭向金陵事更哀。[32]

後面又是一座荒村野店，有一美人在那裡紡績。其判云：

勢敗休云貴，家亡莫論親。
偶因濟劉氏，巧得遇恩人。[33]

30.「**子係中山狼**」一首—迎春判詞。子係合成孫字，指迎春的丈夫孫紹祖。**中山狼**，古代寓言，以中山狼比喻忘恩負義的人。**赴黃粱**，這裡喻死亡。

31.「**勘破三春景不長**」一首—惜春判詞。判詞暗示惜春的結局是出家為尼，之後過著緇衣乞食的生活。

32.「**凡鳥偏從末世來**」一首—王熙鳳判詞。一片冰山喻王熙鳳倚作靠山的財勢似冰山難以持久。凡鳥合成鳳字，點其名。

後面又畫著一盆茂蘭，旁有一位鳳冠霞帔的美人。也有判云：

桃李春風結子完，到頭誰似一盆蘭。
如冰水好空相妒，枉與他人作笑談。[34]

後面又畫著高樓大廈，有一美人懸梁自縊。其判云：

情天情海幻情身，情既相逢必主淫。
漫言不肖皆榮出，造釁開端實在寧。[35]

寶玉還欲看時，那仙姑知他天分高明，性情穎慧，恐把仙機洩漏，遂掩了卷冊，笑向寶玉道：「且隨我去遊玩奇景，何必在此打這悶葫蘆！」

……寶玉恍恍惚惚，不覺棄了卷冊，又隨了警幻來至後面。但見珠簾繡幕，畫棟雕檐，說不盡那光搖朱戶金鋪地，雪照瓊窗

33.「**勢敗休云貴**」一首──巧姐判詞。前二句寫巧姐在賈府勢敗後被狠舅奸兄所賣，後二句寫巧姐為劉姥姥所救。

34.「**桃李春風結子完**」一首──李紈判詞。李紈一生三從四德，晚年榮華方至，卻隨即死去，只留一個誥封虛名。

35.「**情天情海幻情身**」一首──秦可卿判詞。**幻情身**，幻變的情的化身。

玉作宮。更見仙花馥郁，異草芬芳，真好個所在。

又聽警幻笑道：「妳們快出來迎接貴客！」一語未了，只見房中又走出幾個仙子來，皆是荷袂蹁躚，羽衣飄舞，嬌若春花，媚如秋月。

一見了寶玉，都怨謗警幻道：「我們不知係何貴客，忙的接了出來。姊姊曾說今日今時必有絳珠妹子的生魂前來遊玩，故我等久待。何故反引這濁物來汙染這清淨女兒之境？」

……寶玉聽如此說，便唬得欲退不能退，果覺自形汙穢不堪。警幻忙攜住寶玉的手，向眾姊妹道：「妳等不知原委：今日原欲往榮府去接絳珠，適從寧府所過，偶遇寧、榮二公之靈，囑吾云：『吾家自國朝定鼎[36]以來，功名奕世[37]，富貴傳流，雖歷百年，奈運終數盡，不可挽回。故遺之子孫雖多，竟無一可以繼業。

36. 定鼎——傳說夏禹曾收九州之金，鑄造九鼎，夏商周三代將之作為傳國重器。後世因稱新朝定都建國為定鼎。

37. 奕世——一代接一代，世代綿延。

其中惟嫡孫寶玉一人，稟性乖張，生情怪譎，雖聰明靈慧，略可望成，無奈吾家運數合終，恐無人規引入正。幸仙姑偶來，萬望先以情欲聲色等事警其痴頑，或能使彼跳出迷人圈子，然後入於正路，亦吾兄弟之幸矣。』

「如此囑吾，故發慈心，引彼至此，先以彼家上、中、下三等女子之終身冊籍，令彼熟玩，尚未覺悟。故引彼再至此處，令其再歷飲饌聲色之幻，或冀將來一悟，亦未可知也。」

……說畢，攜了寶玉入室。但聞一縷幽香，竟不知其所焚何物。寶玉遂不禁相問。

警幻冷笑道：「此香塵世中既無，爾何能知！此香乃係諸名山勝境內初生異卉之精，合各種寶林珠樹之油所製，名『群芳髓』。」

寶玉聽了，自是羨慕而已，大家入座，小丫鬟捧上茶來。寶玉自覺清香味異，純美非常，因又問何名。

警幻道：「此茶出在放春山遣香洞，又以仙花靈葉上所帶之宿露而烹，此茶名曰『千紅一窟』。」

寶玉聽了，點頭稱賞。因看房內，瑤琴、寶鼎、古畫、新詩，無所不有；更喜窗下亦有唾絨[38]，奩間時漬粉汙。壁上也見懸著一副對聯，書云：

幽微靈秀地，無可奈何天。

寶玉看畢，無不羨慕。因又請問眾仙姑姓名：一名痴夢仙姑，一名鍾情大士[39]，一名引愁金女，一名度恨菩提[40]，各各道號不一。少刻，有小丫鬟來調桌安椅，設擺酒饌，真是：瓊漿滿泛玻璃盞，玉液濃斟琥珀杯。更不用再說那餚饌之盛。

寶玉因聞得此酒清香甘冽，異乎尋常，又不禁相問。警幻道：「此酒乃以百花之蕊、萬木之汁，加以麟髓之醅、鳳乳之麴

38. **唾絨**——古代婦女刺繡，每當換線停針，用齒咬斷繡線，隨口吐出，俗謂唾絨。

39. **大士**——佛教稱佛和菩薩為大士。

40. **菩提**——佛教名詞。意譯為覺悟、成佛。

[41]釀成，因名為『萬艷同杯』。」寶玉稱賞不迭。

……飲酒間，又有十二個舞女上來，請問演何詞曲。警幻道：「就將新制《紅樓夢》十二支演上來。」舞女們答應了，便輕敲檀板，款按銀箏，聽她歌道是：

開闢鴻蒙……

……方歌了一句，警幻便說道：「此曲不比塵世中所填傳奇之曲[42]，必有生、旦、淨、末之別，又有南北九宮之限[43]。此或詠嘆一人，或感懷一事，偶成一曲，即可譜入管弦。若非個中人[44]，不知其中之妙，料爾亦未必深明此調。若不先閱其稿，後聽其歌，反成嚼蠟矣！」

說畢，回頭命小丫鬟取了《紅樓夢》原稿來，遞與寶玉。寶玉接來，一面目視其文，一面耳聆其歌曰：

41. 麟髓之醅、鳳乳之麴—極言釀造仙酒的原料之珍異。

42. 傳奇之曲—明代以後通稱南戲為傳奇。

43. 南北九宮之限—南北九宮，指古代戲曲的宮調。南指南曲，北指北曲，九宮即九個宮調。

44. 個中人—指處在局中、洞悉內情的人。

〈紅樓夢，引子〉

開闢鴻蒙，誰為情種？都只為風月情濃。

趁著這奈何天、傷懷日、寂寥時，試遣愚衷。

因此上、演出這懷金悼玉的《紅樓夢》。[45]

〈終身誤〉

都道是金玉良姻，俺只念木石前盟。

空對著、山中高士晶瑩雪；終不忘、世外仙姝寂寞林。

嘆人間、美中不足今方信。

縱然是齊眉舉案，到底意難平！[46]

〈枉凝眉〉

一個是閬苑仙葩，一個是美玉無瑕。

若說沒奇緣，今生偏又遇著他；

45.〈紅樓夢引子〉一首——預示了書中主要人物的命運和結局。

遣，排遣，抒發。

懷金悼玉，以薛寶釵和林黛玉代指十二金釵。

46.〈終身誤〉一首——從賈寶玉婚後仍念念不忘死去的林黛玉，寫薛寶釵的冷落和難堪。

金玉良姻，指賈和薛的姻緣。

木石前盟，指賈和林的愛情。

若說有奇緣，如何心事終虛化？
一個枉自嗟呀，一個空勞牽掛。
一個是水中月，一個是鏡中花。
想眼中能有多少淚珠兒，
怎禁得秋流到冬盡、春流到夏！[47]

寶玉聽了此曲，散漫無稽，不見得好處；但其聲韻淒惋，竟能銷魂醉魄。因此也不察其原委，問其來歷，就暫以此釋悶而已。因又看下道：

〈恨無常〉

喜榮華正好，恨無常又到。眼睜睜，把萬事全拋。
盪悠悠，把芳魂消耗。望家鄉，路遠山高。
故向爹娘夢裡相尋告：
兒命已入黃泉，天倫呵，須要退步抽身早！[48]

47. 〈枉凝眉〉一首——從寶黛愛情遇變故而破滅，寫林黛玉淚盡而死的命運。
閬苑仙葩，指林黛玉。
閬苑，神仙的園林。
仙葩，仙花。
美玉無瑕，指賈寶玉。

48. 〈恨無常〉一首——從元妃暴死，寫賈府的大禍臨頭。

〈分骨肉〉

一帆風雨路三千，把骨肉家園齊來拋閃。恐哭損殘年，告爹娘，休把兒懸念。自古窮通皆有定，離合豈無緣？從今分兩地，各自保平安。奴去也，莫牽連！[49]

〈樂中悲〉

襁褓中父母嘆雙亡。縱居那綺羅叢，誰知嬌養？幸生來英豪闊大寬宏量，從未將兒女私情略縈心上。好一似，霽月光風耀玉堂。廝配得才貌仙郎，博得個地久天長，準折得幼年時坎坷形狀。終久是雲散高唐，水涸湘江。這是塵寰中消長數應當，何必枉悲傷！[50]

49.〈分骨肉〉一首——從探春遠嫁時對父母的強顏勸慰，寫她與親人分離時的悲苦心境。

殘年，**晚年**，指老年人。

奴，舊時女子自稱。

50.〈樂中悲〉一首——寫史湘雲雖生於富貴之家，但自幼父母雙亡，雖嫁得才貌仙郎，又中途離散。

綺羅叢，代指富貴家庭。

廝配，相配。

〈世難容〉

氣質美如蘭，才華阜比仙。天生成孤癖人皆罕。你道是，啖肉食腥膻，視綺羅俗厭。卻不知，太高人愈妒，過潔世同嫌。可嘆這，青燈古殿人將老；辜負了、紅粉朱樓春色闌。到頭來，依舊是風塵骯髒違心願。好一似，無瑕白玉遭泥陷；又何須，王孫公子嘆無緣！[51]

〈喜冤家〉

中山狼，無情獸，全不念當日根由。一味的驕奢淫蕩貪還構。覷著那，侯門艷質同蒲柳；作踐的，公府千金似下流。嘆芳魂艷魄，一載盪悠悠！[52]

51.〈世難容〉一首——寫妙玉的為人及一生不幸遭遇。

朱樓，指富貴人家女子住的繡樓。

春色闌，春色將盡，喻女子的青春將逝。

52.〈喜冤家〉一首——寫迎春婚後的不幸遭遇。

貪還構，貪婪構陷之意。

侯門艷質，指侯門千金小姐。

蒲柳，即水楊，易生易凋。

〈虛花悟〉

將那三春看破，桃紅柳綠待如何？

把這韶華打滅，覓那清淡天和。

說什麼，天上夭桃盛，雲中杏蕊多。

到頭來，誰把秋捱過？

則看那，白楊村裡人嗚咽，青楓林下鬼吟哦。

更兼著，連天衰草遮墳墓。

這的是，昨貧今富人勞碌，春榮秋謝花折磨。

似這般，生關死劫誰能躲？

聞說道，西方寶樹喚婆娑，上結著長生果。[53]

〈聰明累〉

機關算盡太聰明，反算了卿卿性命。

生前心已碎，死後性空靈。

53.〈虛花悟〉一首——寫惜春因看破賈府好景不長而決意皈依佛門。**韶華**，喻青春年華。**天和**，自然的和氣，即所謂元氣。**覓天和**，指修道養性。**天上夭桃，雲中杏蕊**，喻榮華富貴。**長生果**，喻解脫人生一切痛苦而修成正果。

家富人寧，終有個家亡人散各奔騰。
枉費了，意懸懸半世心；好一似，蕩悠悠三更夢。
忽喇喇似大廈傾，昏慘慘似燈將盡。
呀！一場歡喜忽悲辛。嘆人世，終難定！[54]

〈留餘慶〉
留餘慶，留餘慶，忽遇恩人；
幸娘親，幸娘親，積得陰功。
勸人生，濟困扶窮，
休似俺那愛銀錢、忘骨肉的狠舅奸兄！
正是乘除加減，上有蒼穹！[55]

〈晚韶華〉
鏡裡恩情，更那堪夢裡功名！

54.〈聰明累〉一首——寫王熙鳳的悲慘結局和賈府一敗塗地的情景。
機關，心機、權術。
意懸懸，提心吊膽、時刻勞神。

55.〈留餘慶〉一首——寫賈府勢敗家亡時骨肉相殘及巧姐由劉姥姥救出火坑事。
乘除加減，意謂人生的榮枯消長，皆有定數。

那美韶華去之何迅！再休提繡帳鴛衾。
只這帶珠冠，披鳳襖，也抵不了無常性命。
雖說是，人生莫受老來貧，也須要陰騭積兒孫。
氣昂昂頭戴簪纓，光燦燦胸懸金印；
威赫赫爵祿高登，昏慘慘黃泉路近。
問古來將相可還存？也只是，虛名兒與後人欽敬。[56]

〈好事終〉
畫梁春盡落香塵。
擅風情，秉月貌，便是敗家的根本。
箕裘頹墮皆從敬，家事消亡首罪寧。
宿孽總因情。[57]

〈收尾・飛鳥各投林〉

56.〈晚韶華〉一首——寫李紈一生的枯榮變化，寫她青春喪偶，晚年雖因子得貴，無奈死期已臨，終究還是不幸。
繡帳鴛衾，代指夫妻生活。
珠冠、**鳳襖**，舊時誥命夫人穿戴的服飾。
陰騭，陰德。

57.〈好事終〉一首——從秦可卿的懸梁自縊，寫賈府綱常毀墮。
箕裘，簸箕和皮袍，後人常用以比喻祖先的事業。
敬，指賈敬。
寧，指寧國府。
宿孽，禍根。

為官的，家業凋零；富貴的，金銀散盡；
有恩的，死裡逃生；無情的，分明報應。
欠命的，命已還；欠淚的，淚已盡。
冤冤相報實非輕，分離聚合皆前定。
欲知命短問前生，老來富貴也真僥倖。
看破的，遁入空門；痴迷的，枉送了性命。
好一似食盡鳥投林，落了片白茫茫大地真乾淨！[58]

歌畢，還要歌副曲。警幻見寶玉甚無趣味，因嘆：「痴兒！竟尚未悟！」

那寶玉忙止歌姬不必再唱，自覺朦朧恍惚，告醉求臥。警幻便命撤去殘席，送寶玉至一香閨繡閣之中，其間鋪陳之盛，乃素所未見之物。更可駭者，早有一位女子在內，其鮮艷嫵媚，有似乎寶釵，風流嬝娜，則又如黛玉。

58.〈收尾．飛鳥各投林〉一首——總寫賈寶玉和金陵十二釵的不幸結局，和賈府最後樹倒猢猻散的衰敗景象。

正不知何意，忽警幻道：「塵世中多少富貴之家，那些綠窗風月，繡閣煙霞，皆被淫汙紈褲與那些流蕩女子悉皆玷辱。更可恨者，自古來多少輕薄浪子，皆以『好色不淫』為飾，又以『情而不淫』[59]作案，此皆飾非掩醜之語也。

「好色即淫，知情更淫。是以巫山之會，雲雨之歡，皆由既悅其色，復戀其情所致也。吾所愛汝者，乃天下古今第一淫人也！」

寶玉聽了，唬得忙答道：「仙姑錯了！我因懶於讀書，家父母尚每垂訓飭，豈敢再冒『淫』字？況且年紀尚小，不知『淫』字為何物。」

警幻道：「非也！淫雖一理，意則有別。如世之好淫者，不過悅容貌，喜歌舞，調笑無厭，雲雨無時，恨不能盡天下之美女，供我片時之趣興，此皆皮膚淫濫之蠢物耳！如爾則天分中生成一段痴情，吾輩推之為『意淫』。

59. 情而不淫——意思是感情志趣相投，卻不流於淫亂。

「『意淫』二字，惟心會而不可口傳，可神通而不可語達。「汝今獨得此二字，在閨閣中，固可為良友，然於世道中，未免迂闊怪詭，百口嘲謗，萬目睚眥。今既遇令祖寧、榮二公剖腹深囑，吾不忍君獨為我閨閣增光，見棄於世道。是以特引前來，醉以靈酒，沁以仙茗，警以妙曲，再將吾妹一人，乳名兼美字可卿者，許配於汝。

「今夕良時，即可成姻。不過令汝領略此仙閨幻境之風光尚如此，何況塵境之情景哉！而今後萬萬解釋[60]，改悟前情，留意於孔孟之間，委身於經濟之道[61]。」

說畢，便秘授以雲雨之事，推寶玉入帳，將門掩上自去。

……那寶玉恍恍惚惚，依警幻所囑之言，未免有兒女之事，難以盡述。

至次日，便柔情繾綣，軟語溫存，與可卿難解難分。因二人攜

60. **解釋**——領悟。

61. **經濟之道**——指治國理民、經邦濟世之道。

手出去遊頑之時，忽至一個所在，但見荊榛遍地，狼虎同群，迎面一道黑溪阻路，並無橋梁可通。正在猶豫之間，忽見警幻後面追來，告道：「快休前進，作速回頭要緊！」寶玉忙止步問道：「此係何處？」警幻道：「此即迷津也。深有萬丈，遙亙千里，中無舟楫可通，只有一個木筏，乃木居士掌舵，灰侍者撐篙，不受金銀之謝，但遇有緣者渡之。爾今偶遊至此，設如墮落其中，則深負我從前諄諄警戒之語矣！」話猶未了，只聽迷津內水響如雷，竟有許多夜叉海鬼將寶玉拖將下去。嚇得寶玉汗下如雨，一面失聲喊叫：「可卿救我！」慌得襲人輩眾丫鬟忙上來摟住，叫：「寶玉別怕，我們在這裡！」

……卻說秦氏正在房外囑咐小丫頭們好生看著貓兒狗兒打架，忽聽寶玉在夢中喚她的小名，因納悶道：「我的小名這裡從沒人知道的，他如何知道，在夢裡叫出來？」正是：

一場幽夢同誰近，千古情人獨我痴。

◎第六回◎

賈寶玉初試雲雨情
劉姥姥一進榮國府

…卻說秦氏因聽見寶玉從夢中喚她的乳名，心中自是納悶，又不好細問。彼時寶玉迷迷惑惑，若有所失。眾人忙端上桂圓湯來，呷了兩口，遂起身整衣。襲人伸手與他繫褲帶時，不覺伸手至大腿處，只覺冰涼一片沾濕，唬得忙退出手來，問是怎麼了。寶玉紅漲了臉，把她的手一捻。

襲人本是個聰明女子，年紀本又比寶玉大兩歲，近來也漸通人事，今見寶玉如此光景，心中便覺察了一半，不覺也羞得紅漲了臉面，不敢再問。仍舊理好衣裳，遂至賈母處來，胡亂吃畢了晚飯，過這邊來。

…襲人忙趁眾奶娘丫鬟不在旁時，另取出一件中衣來與寶玉換上。

寶玉含羞央告道：「好姐姐，千萬別告訴人。」

襲人亦含羞笑問道：「你夢見什麼故事了？是那裡流出來的那些髒東西？」

寶玉道：「一言難盡。」說著，便把夢中之事細說與襲人聽了。然後說至警幻所授雲雨之情，羞得襲人掩面伏身而笑。寶玉亦素喜襲人柔媚嬌俏，遂強襲人同領警幻所訓雲雨之事。

襲人素知賈母已將自己與了寶玉的，今便如此，亦不為越禮，遂和寶玉偷試一番，幸得無人撞見。自此，寶玉視襲人更與別個不同，襲人待寶玉更為盡心。暫且別無話說。

……※……※……※……

…按榮府中一宅人合算起來，人口雖不多，從上至下也有三四百丁；事雖不多，一天也有一二十件，竟如亂麻一般，並無個頭緒可作綱領。正尋思從那一件事自那一個人寫起方妙，恰好忽從千里之外，芥荳之微，小小一個人家，因與榮府略有些瓜葛，這日正往榮府中來，因此便就此一家說來，倒還是頭緒。你道這一家姓甚名誰，又與榮府有甚瓜葛？且聽細講。

……方才所說這小小之家，姓王，乃本地人氏，祖上曾作過小小的一個京官，昔年與鳳姐之祖王夫人之父認識。因貪王家的勢利，便連了宗認作姪兒。那時，只有王夫人之大兄鳳姐之父與王夫人隨在京中的，知有此一門連宗之族，餘者皆不認識。目今其祖已故，只有一個兒子，名喚王成，因家業蕭條，仍搬出城外原鄉中住去了。王成新近亦因病故，只有其子，小名狗兒。狗兒亦生一子，小名板兒；嫡妻劉氏，又生一女，名喚青兒。一家四口，仍以務農為業。因狗兒白日間又作些生計，劉氏又操井臼等事，青板姊弟兩個無人看管。狗兒遂將岳母劉姥姥接來一處過活。

這劉姥姥乃是個久經世代的老寡婦，膝下又無兒女，只靠兩畝薄田度日。如今女婿接來養活，豈不願意，遂一心一計，幫趁著女兒女婿過活起來。

……因這年秋盡冬初，天氣冷將上來，家中冬事未辦，狗兒未免心中煩慮，吃了幾杯悶酒，在家閒尋氣惱，劉氏也不敢頂撞。因此劉姥姥看不過，乃勸道：「姑爺，你別嗔著我多嘴。咱們村莊人，那一個不是老老誠誠的，守著多大碗兒吃多大的飯。你皆因年小的時，托著你那老家的福，吃喝慣了，如今所以把持不住。有了錢就顧頭不顧尾，沒了錢就瞎生氣，成個什麼男子漢大丈夫呢！如今咱們雖離城住著，終是天子腳下。這長安城[1]中，遍地都是錢，只可惜沒人會去拿去罷了。在家跳蹋[2]會子也不中用的。」

狗兒聽說，便急道：「妳老只會炕頭兒上混說，難道叫我打劫偷去不成？」

劉姥姥道：「誰叫你偷去呢。也到底想法兒大家裁度，不然那銀子錢自己跑到咱家來不成？」

狗兒冷笑道：「有法兒還等到這會子呢。我又沒有收稅的親戚，作官的朋友，有什麼法子可想的？便有，也只怕他們未必來理我們呢！」

劉姥姥道：「這倒不然。謀事在人，成事在天。咱們謀到了，靠菩薩的保佑，有些機會，也未可知。我倒替你們想出一個機會來。

1. **長安城**——這裡借指京都。

2. **跳蹋**——急得頓足。

「當日，你們原是和金陵王家連過宗的，二十年前，他們看承你們還好；如今自然是你們拉硬屎的，不肯去俯就他，故疏遠起來。想當初，我和女兒還去過一遭。他們家的二小姐著實響快，會待人的，倒不拿大。如今現是榮國府賈二老爺的夫人。聽得說，如今上了年紀，越發憐貧恤老，最愛齋僧敬道、捨米捨錢的。

「如今王府雖陞了邊任[3]，只怕這二姑太太還認得咱們。你何不去走動走動，或者她念舊，有些好處，也未可知。要是她發一點好心，拔一根寒毛比咱們的腰還粗呢。」

劉氏一旁接口道：「妳老雖說的是，但只妳我這樣個嘴臉，怎麼好到她門上去的？先不先，他們那些門上人也未必肯去通報。沒的去打嘴現世[4]。」

……誰知狗兒利名心最重，聽如此一說，心下便有些活動起來。

3. 邊任——防守邊疆的重任。

4. 打嘴現世——當場出醜的意思。

又聽他妻子這番話，便笑接道：「姥姥既如此說，況且當年妳又見過這姑太太一次，何不妳老人家明日就走一趟，先試試風頭再說。」

劉姥姥道：「噯喲喲！可是說的，『侯門深似海』，我是個什麼東西，她家人又不認得我，我去了也是白去的。」

狗兒笑道：「不妨，我教妳老一個法子：妳竟帶了外孫子板兒，先去找陪房[5]周瑞，若見了他，就有些意思了。這周瑞先時曾和我父親交過一件事，我們極好的。」

劉姥姥道：「我也知道他的。只是許多時不走動，知道他如今是怎樣。這也說不得了，你又是個男人，又這樣個嘴臉，自然去不得。我們姑娘年輕媳婦子，也難賣頭賣腳的，倒還是捨著我這付老臉去碰一碰。果然有些好處，大家都有益；便是沒銀子來，我也到那公府侯門見一見世面，也不枉我一生。」

5. 陪房—舊時富家女子的隨嫁僕人。

說畢，大家笑了一回，當晚計議已定。

…次日天未明，劉姥姥便起來梳洗了，又將板兒教訓了幾句。那板兒才五六歲的孩子，一無所知，聽見帶他進城逛去，便喜得無不應承。於是，劉姥姥帶他進城，找至寧榮街。來至榮府大門石獅子前，只見簇簇的轎馬，劉姥姥便不敢過去，且撣了撣衣服，又教了板兒幾句話，然後蹭[6]到角門前，只見幾個挺胸疊肚指手畫腳的人，坐在大凳上，說東談西呢。

劉姥姥只得蹭上來問：「太爺們納福！」眾人打量了她一會，便問是那裡來的。

劉姥姥陪笑道：「我找太太的陪房周大爺的，煩哪位太爺替我請他老出來。」

那些人聽了，都不瞅睬，半日方說道：「妳遠遠的在那牆角下等著，一會子他們家有人就出來的。」

6. **蹭**——行動緩慢，欲行又止的樣子。

內中有一老年人說道：「不要誤她的事，何苦耍她。」因向劉姥姥道：「那周大爺已往南邊去了。他在後一帶住著，他娘子卻在家。妳要找時，從這邊繞到後街，上後門上去問就是了。」

……劉姥姥聽了謝過，遂攜了板兒，繞到後門上。只見門前歇著些生意擔子，也有賣吃的，也有賣頑耍物件的，鬧哄哄三二十個小孩子在那裡廝鬧。

劉姥姥便拉住一個道：「我問哥兒一聲，有個周大娘可在家麼？」

孩子道：「那個周大娘？我們這裡周大娘有三個呢，還有兩個周奶奶，不知是哪一個行當[7]的？」

劉姥姥道：「是太太的陪房周瑞。」

孩子道：「這個容易，妳跟我來。」

7. 行當——本指戲曲中角色的分類，此指職務的類別。

說著，跳躥躥的引著劉姥姥進了後門，至一院牆邊，指與劉姥姥道：「這就是他家。」

又叫道：「周大媽，有個老奶奶來找妳呢，我帶了來了。」

……周瑞家的在內聽說，忙迎了出來，問是那位。

劉姥姥忙迎上來問道：「好呀，周嫂子！」

周瑞家的認了半日，方笑道：「劉姥姥，妳好呀！妳說說，能幾年，我就忘了。請家裡來坐罷。」

劉姥姥一壁走，一壁笑，說道：「妳老是貴人多忘事，哪裡還記得我們呢。」說著，來至房中。周瑞家的命雇的小丫頭倒上茶來，吃著。

周瑞家的又問板兒道：「你都長得這麼大了。」又問些別後閒話，再問劉姥姥：「今日還是路過，還是特來的？」

劉姥姥便說：「原是特來瞧瞧嫂子妳，二則也請請姑太太的安。若可以領我見一見更好，若不能，便借重嫂子轉致意罷了。」

……周瑞家的聽了，便已猜著幾分來意。只因昔年她丈夫周瑞爭買田地一事，其中多得狗兒之力，今見劉姥姥如此而來，心中難卻其意；二則也要顯弄自己體面。聽如此說，便笑道：「姥姥妳放心，大遠的誠心誠意來了，豈有個不教妳見個真佛[8]去的呢。論理，人來客至回話，卻不與我相干。我們這裡都是各占一樣兒：我們男的只管春秋兩季地租子，閒時只帶著小爺們出門子就完了；我只管跟太太奶奶們出門的事。「皆因妳原是太太的親戚，又拿我當個人，投奔了我來，我竟破個例，給妳通個信去。但只一件，姥姥有所不知，我們這裡又比不得五年前了。如今太太竟不大管事，都是璉二奶奶

8. **真佛**——佛教術語。佛教徒謂佛有報、應、化三身，報身佛相對於化身佛稱為真佛，即難以見到之意。世俗借此喻難以見到的人物，這裡指賈府的掌權者王熙鳳。

管家。妳道這璉二奶奶是誰？就是太太的內姪女，當日大舅老爺的女兒，小名鳳哥的。」

劉姥姥聽了，罕問道：「原來是她！怪道呢，我當日就說她不錯呢。這等說來，我今兒還得見她了。」

周瑞家的道：「這個自然的。如今太太事多心煩，有客來了，略可推得去的就推過去了，都是鳳姑娘周旋迎待。今兒寧可不見太太，倒要見她一面，才不枉這裡來一遭。」

劉姥姥道：「阿彌陀佛！全仗嫂子方便了。」

周瑞家的道：「說那裡話。俗語說的：『與人方便，自己方便。』不過用我說一句話罷了，害著我什麼。」

說著，便叫小丫頭到倒廳[9]上悄悄的打聽打聽，老太太屋裡擺了飯了沒有。小丫頭去了。這裡二人又說些閒話。

……劉姥姥因說：「這鳳姑娘今年大還不過二十歲罷了，就這等

9. **倒廳**——古代建築，大廳多數是坐北向南，坐南向北的廳房及大廳後面向後院開門的部分，稱為「倒廳」。

有本事，當這樣的家，可是難得的。」

周瑞家的聽了道：「我的姥姥，告訴不得妳呢。這位鳳姑娘年紀雖小，行事卻比世人都大呢。如今出挑得美人一樣的模樣兒，少說些有一萬個心眼子。再要賭口齒，十個會說話的男人也說她不過。回來妳見了就信了。就只一件，待下人未免太嚴些了。」

說著，只見小丫頭回來說：「老太太屋裡已擺完了飯，二奶奶在太太屋裡呢。」

周瑞家的聽了，連忙起身，催著劉姥姥說：「快走，快走。這一下來她吃飯是一個空子，咱們先等著去。若遲一步，回事的人也多了，難說話；再歇了中覺，越發沒了時候了。」

說著，一齊下了炕，打掃打掃衣服，又教了板兒幾句話，隨著周瑞家的，逶迤往賈璉的住處來。

……先到了倒廳，周瑞家的將劉姥姥安插在那裡略等一等。自己先過了影壁，進了院門，知鳳姐未下來，先找著了鳳姐的一個心腹通房大丫頭名喚平兒的。

周瑞家的先將劉姥姥起初來歷說明，又說：「今日大遠的特來請安。當日太太是常會的，今兒不可不見，所以我帶了她進來了。等奶奶下來，我細細回明，奶奶想也不責備我莽撞的。」

平兒聽了，便作了主意：「叫她們進來，先在這裡坐著就是了。」

周瑞家的聽了，忙出去引她兩個進入院來。上了正房臺磯，小丫頭打起猩紅氈簾。才入堂屋，只聞一陣香撲了臉來，竟不辨是何氣味，身子如在雲端裡一般。滿屋中之物都是耀眼爭光的，使人頭懸目眩。劉姥姥此時惟點頭咂嘴念佛而已。

於是來至東邊這間屋內，乃是賈璉的女兒大姐兒睡覺之所。平兒站在炕沿邊，打量了劉姥姥兩眼，只得問個好讓坐。

劉姥姥見平兒遍身綾羅，插金帶銀，花容玉貌的，便當是鳳姐兒了。才要稱姑奶奶，忽聽周瑞家的稱她是平姑娘，又見平兒趕著周瑞家的稱周大娘，方知不過是個有些體面的丫頭了。

於是讓劉姥姥和板兒上了炕。平兒和周瑞家的對面坐在炕沿上，小丫頭子斟上茶來吃茶。

……劉姥姥只聽見咯噹咯噹的響聲，大有似乎打籮櫃篩麵[10]的一般，不免東瞧西望的。忽見堂屋中柱子上掛著一個匣子，底下又墜著一個秤砣般的一物，卻不住的亂幌。

劉姥姥心中想著：「這是什麼愛物兒？有甚用呢？」正呆時，只聽得噹的一聲，又若金鐘銅磬一般，不防倒唬了一跳，展眼接著又是一連八九下。

10. **打籮櫃篩麵**——裝有篩麵籮的木櫃。篩麵時不斷用腳踩踏機關，發出「咯噹咯噹」的聲音方欲問時，只見小丫頭子們齊亂跑，說：「奶奶下來了。」平兒與周瑞家的忙起身，命劉姥姥「只管等著，是時候我們來請妳呢。」說著，都迎出去了。

……劉姥姥屏聲側耳默候。只聽遠遠有人笑聲，約有一二十婦人，衣裙窸窣，漸入堂屋，往那邊屋內去了。又見兩三個婦人，都捧著大漆捧盒，進這邊來等候。聽得那邊說了聲「擺飯」，漸漸的人才散出，只有伺候端菜的幾個人。

半日鴉雀不聞之後，忽見二個人抬了一張炕桌來，放在這邊炕上，桌上碗盤森列，仍是滿滿的魚肉在內，不過略動了幾樣。板兒一見了，便吵著要肉吃。劉姥姥一巴掌打了他去。

忽見周瑞家的笑嘻嘻走過來，招手兒叫她。劉姥姥會意，於是帶了板兒下炕，至堂屋中，周瑞家的又和她唧咕了一會，方過蹭到這邊屋裡來。

……只見門外鏨銅鉤上懸著大紅撒花軟簾，南窗下是炕，炕上大紅氈條，靠東邊板壁立著一個鎖子錦[11]靠背與一個引枕，鋪著金心綠閃緞大坐褥，旁邊有雕漆痰盒。

那鳳姐兒家常帶著秋板貂昭君套[12]，圍著攢珠勒子，穿著桃紅撒花襖，石青刻絲灰鼠披風[13]，大紅洋縐銀鼠皮裙，粉光脂豔，端端正正坐在那裡，手內拿著小銅火箸兒撥手爐內的灰。平兒站在炕沿邊，捧著小小的一個填漆茶盤，盤內一個小蓋鍾。

鳳姐也不接茶，也不抬頭，只管撥手爐內的灰，慢慢的問道：「怎麼還不請進來？」一面說，一面抬身要茶時，只見周瑞家的已帶了兩個人在地下站著了。這才忙欲起身，猶未起身，滿面春風的問好，又嗔周瑞家的怎麼不早說。

劉姥姥在地下已是拜了數拜，問姑奶奶安。

鳳姐忙說：「周姐姐，快攙起來，別拜罷，請坐。我年輕，不

11. 鎖子錦——用金色絲線織成鎖鍊形圖案的錦緞。

12. 秋板貂昭君套——秋板貂是指秋季絨毛尚未長全的貂鼠皮，又稱秋皮，比夏皮稍佳，但不如正冬皮。**昭君套**，沒有頂的女用皮帽罩，形同戲曲、繪畫中昭君出塞所戴之罩。

13. 披風——即斗篷。

大認得，可也不知是什麼輩數，不敢稱呼。」

周瑞家的忙回道：「這就是我才回的那姥姥了。」鳳姐點頭。

劉姥姥已在炕沿上坐下。板兒便躲在背後，百般的哄他出來作揖，他死也不肯。

……鳳姐兒笑道：「親戚們不大走動，都疏遠了。知道的呢，說你們棄厭我們，不肯常來；不知道的那起小人，還只當我們眼裡沒人似的。」

劉姥姥忙念佛道：「我們家道艱難，走不起，來了這裡，沒的給姑奶奶打嘴，就是管家爺們看著也不像。」

鳳姐兒笑道：「這話沒的叫人噁心。不過借賴著祖父虛名，作了窮官兒，誰家有什麼，不過是個舊日的空架子。俗語說，『朝廷還有三門子窮親』呢，何況妳我。」說著，又問周瑞家的回了太太了沒有。

周瑞家的道：「如今等奶奶的示下。」

鳳姐道：「妳去瞧瞧，要是有人有事就罷，得閒兒呢就回，看怎麼說。」周瑞家的答應著去了。

……這裡鳳姐叫人抓些果子與板兒吃，剛問些閒話時，就有家下許多媳婦管事的來回話。平兒回了，鳳姐道：「我這裡陪客呢，晚上再來回。若有很要緊的，妳就帶進來現辦。」平兒出去，一會進來說：「我都問了，沒什麼緊事，我就叫她們散了。」鳳姐點頭。

只見周瑞家的回來，向鳳姐道：「太太說了，今日不得閒，二奶奶陪著便是一樣。多謝費心想著；白來逛逛呢便罷，若有甚說的，只管告訴二奶奶，都是一樣。」

劉姥姥道：「也沒甚說的，不過是來瞧瞧姑太太、姑奶奶，也是親戚們的情分。」

周瑞家的道：「沒甚說的便罷，若有話，只管回二奶奶，是和太太一樣的。」一面說，一面遞眼色與劉姥姥。

劉姥姥會意，未語先飛紅了臉。欲待不說，今日又所為何來？只得忍恥說道：「論理今兒初次見姑奶奶，卻不該說，只是大遠的奔了妳老這裡來，也少不的說了。」

剛說到這裡，只聽得二門上小廝們回說：「東府裡的小大爺進來了。」

鳳姐忙止劉姥姥不必說了。一面便問：「你蓉大爺在哪裡呢？」

只聽一路靴子腳響，進來了一個十七八歲的少年，面目清秀，身材俊俏，輕裘寶帶，美服華冠。劉姥姥此時坐不是，立不是，藏沒處藏。鳳姐笑道：「妳只管坐著，這是我姪兒。」

劉姥姥方扭扭捏捏在炕沿上坐了。

…賈蓉笑道：「我父親打發我來求嬸子，說上回老舅太太給嬸子的那架玻璃炕屏[14]，明日請一個要緊的客，借了略擺一擺就送過來。」

鳳姐道：「說遲了一日，昨兒已經給了人了。」

賈蓉聽說，嘻嘻的笑著，在炕沿上半跪道：「嬸子若不借，又說我不會說話了，又挨一頓好打呢。嬸子只當可憐姪兒罷！」

鳳姐笑道：「也沒見你們，王家的東西都是好的不成？你們那裡放著那些好東西，只是看不見，偏我的就是好的。」

賈蓉笑道：「那裡有這個好呢！只求開恩罷。」

鳳姐道：「若碰一點兒，你可仔細你的皮！」因命平兒拿了樓房的鑰匙，傳幾個妥當人來抬去。

賈蓉喜的眉開眼笑，忙說：「我親自帶了人拿去，別由他們亂碰。」說著便起身出去了。

14. 炕屏—陳設在炕上的屏風，作裝飾用。

…這裡鳳姐忽又想起一事來，便向窗外叫：「蓉兒回來！」外面幾個人接聲說：「蓉大爺快回來！」賈蓉忙復身轉來，垂手侍立，聽何指示。那鳳姐只管慢慢的吃茶，出了半日神，方笑道：「罷了！你且去罷。晚飯後你來再說罷。這會子有人，我也沒精神了。」賈蓉應了，方慢慢的退去。

…這裡劉姥姥心神方安，才又說道：「今日我帶了妳姪兒來，也不為別的，只因他老子娘在家裡，連吃的都沒有。如今天又冷了，越想越沒個派頭兒[15]，只得帶了妳姪兒奔了妳老來。」說著又推板兒道：「你那爹在家怎麼教你來？打發咱們作啥事來？只顧吃果子咧。」

鳳姐早已明白了，聽她不會說話，因笑止道：「不必說了，我

15. **派頭兒**——這裡是「盼頭兒」的衍音。

知道了。」

因問周瑞家的道：「這姥姥不知可用了過早飯沒有呢？」

劉姥姥忙道：「一早就往這裡趕咧，那裡還有吃飯的工夫咧。」鳳姐聽說，忙命快傳飯來。一時周瑞家的傳了一桌客饌來，擺在東邊屋內，過來帶了劉姥姥和板兒過去吃飯。

鳳姐說道：「周姐姐，好生讓著些兒，我不能陪了。」於是過東邊房裡來。

……鳳姐又叫過周瑞家的去，問她：「方才回了太太，說了些什麼？」

周瑞家的道：「太太說，他們家原不是一家子，不過因出一姓，當年又與太老爺在一處作官，偶然連了宗的。這幾年來也不大走動。當時他們來一遭，卻也沒空了他們。今兒既來了，瞧瞧我們，是她的好意思，也不可簡慢了她。便是有什麼說的，叫二奶奶裁度著就是了。」

鳳姐聽了說道：「我說呢，既是一家子，我如何連影兒也不知道。」

……說話時，劉姥姥已吃畢了飯，拉了板兒過來，舔[16]舌咂嘴的道謝。

鳳姐笑道：「且請坐下，聽我告訴妳老人家。方才的意思，我已知道了。若論親戚之間，原該不等上門來就該有照應才是。但如今家內雜事太煩，太太漸上了年紀，一時想不到也是有的。況是我近來接著管些事，都不大知道這些親戚們。二則外頭看著這裡烈烈轟轟的，殊不知大有大的艱難去處，說與人也未必信罷了。

「今兒妳既老遠的來了，又是頭一次見我張口，怎好叫妳空回去呢。可巧昨兒太太給我的丫頭們做衣裳的二十兩銀子，我

16. 舔（音ㄊㄧㄢˇ）——吐舌頭。

還沒動呢，妳若不嫌少，就暫且先拿了去罷。」

……那劉姥姥先聽見告艱難，只當是沒有，心裡便突突的；後來聽見給她二十兩，喜的又渾身發癢起來，說道：「噯！我也是知道艱難的。但俗語說的：『瘦死的駱駝比馬大』，憑他怎樣，妳老拔根寒毛比我們的腰還粗呢！」

周瑞家的聽她說得粗鄙，只管使眼色止她。鳳姐看見，笑而不睬，只命平兒把昨兒那包銀子拿來，再拿一吊串錢來，都送到劉姥姥跟前。

鳳姐乃道：「這是二十兩銀子，暫且給這孩子做件冬衣罷。若不拿著，可真是怪我了。這串錢雇了車子坐罷。改日無事，只管來逛逛，方是親戚們的意思。天也晚了，也不虛留你們了，到家裡該問好的問個好兒罷。」一面說，一面就站起來了。

……劉姥姥只管千恩萬謝，拿了銀錢，隨周瑞家的來至外面廂房。

周瑞家的方道：「我的娘！妳見了她怎麼倒不會說了？開口就是『妳姪兒』。我說句不怕妳惱的話，便是親姪兒，也要說和柔些，那蓉大爺才是她的正經姪兒呢，她怎麼又跑出這麼個姪兒來了？」

劉姥姥笑道：「我的嫂子，我見了她，心眼兒裡愛還愛不過來，那裡還說得上話來呢！」二人說著，又到周瑞家坐了片時。劉姥姥便要留下一塊銀子，與周瑞家的兒女買果子吃，周瑞家的如何放在眼裡，執意不肯。劉姥姥感謝不盡，仍從後門去了。正是：

得意濃時易接濟，受恩深處勝親朋。

◎第七回◎

送宮花賈璉戲熙鳳
宴寧府寶玉會秦鐘

…話說周瑞家的送了劉姥姥去後，便上來回王夫人話。誰知王夫人不在上房，問丫鬟們時，方知往薛姨媽那邊閒話去了。周瑞家的聽說，便轉東角門出至東院，往梨香院來。

剛至院門前，只見王夫人的丫鬟名金釧兒者，和一個才留了頭[1]的小女孩兒站在臺階坡上頑。見周瑞家的來了，便知有話回，因向內努嘴兒。

…周瑞家的輕輕掀簾進去，只見王夫人和薛姨媽長篇大套的說些家務人情等語。周瑞家的不敢驚動，遂進裡間來，只見薛寶釵穿著家常衣服，頭上只散挽著鬟兒[2]，坐在炕裡邊，伏在小炕兒上同丫鬟鶯兒正描花樣子呢。見她進來，寶釵才放下筆，轉過身來，滿面堆笑讓：「周姐姐坐。」

周瑞家的也忙陪笑問：「姑娘好？」一面炕沿上坐了，因說：「這有兩三天也沒見姑娘到那邊逛逛去，只怕是妳寶兄弟衝撞了妳不成？」

寶釵笑道：「那裡的話！只因我那種病又發了，所以這兩天沒出屋子。」

周瑞家的道：「正是呢，姑娘到底有什麼病根兒，也該趁早兒請了大夫來，好生開個方子，認真吃幾劑，一勢兒除了根才好。小小的年紀倒作下個病根，也不是頑的。」

寶釵聽說，便笑道：「再不要提吃藥。為這病請大夫、吃藥，也不知白花了多少銀子錢呢。憑你什麼名醫仙藥，從不見一點

1. 留頭——又叫「留滿頭」。舊時女子幼年剃髮，隨年事增長，先留頂心頭髮，再留全髮，叫做「留頭」。

2. 鬟兒——婦女的髮髻。

兒效。後來還虧了一個禿頭和尚，說專治無名之症，因請他看了。

「他說我這是從胎裡帶來的一股熱毒，幸而我先天壯，還不相干；若吃尋常藥，是不中用的。他就說了一個海上方[3]，又給了一包藥末子作引子[4]，異香異氣的，不知是那裡弄了來的。他說發了時吃一丸就好。倒也奇怪，吃他的藥倒效驗些。」

周瑞家的因問道：「不知是個什麼海上方兒？姑娘說了，我們也記著，說與人知道，倘遇見這樣的病，也是行好的事。」

寶釵見問，乃笑道：「不用這方兒還好，若用起這方兒，真真把人瑣碎死。東西藥料一概都有限，現易得的，只難得『可巧』二字。要春天開的白牡丹花蕊十二兩，夏天開的白荷花

3. 海上方—舊時傳說，海上三座神山上，有不死之藥。後人遂稱民間驗方、秘方為「海上方」，意謂從東海神仙處求得的靈驗藥方。

4. 引子—即「藥引」，指處方中能引藥力達到病變部位的藥物，是中醫方劑中「君、臣、佐、使」四部分「使」的俗稱。

蕊十二兩，秋天的白芙蓉花蕊十二兩，冬天開的白梅花蕊十二兩。將這四樣花蕊，於次年春分這日晒乾，和在藥末子一處，一齊研好。又要雨水這日的雨水十二錢……」

周瑞家的忙道：「噯喲！這樣說來，這就得一二年的工夫。倘或雨水這日竟不下雨水，又怎處呢？」

寶釵笑道：「所以了，那裡有這樣可巧的雨，便沒雨也只好再等罷了。白露這日的露水十二錢，霜降這日的霜十二錢，小雪這日的雪十二錢。把這四樣水調勻，和了藥，再加蜂蜜十二錢，白糖十二錢，丸了龍眼大的丸子，盛在舊磁罐內，埋在花根底下。若發了病時，拿出來吃一丸，用十二分黃柏煎湯送下。」

……周瑞家的聽了笑道：「阿彌陀佛，真坑死了人！等十年未必都這樣巧呢。」

寶釵道：「竟好，自他說了去後，一二年間可巧都得了，好容易配成一料。如今從南帶至北，現在就埋在梨花樹下呢。」周瑞家的又問道：「這藥可有名字沒有呢？」寶釵道：「有。這也是那癩頭和尚說下的，叫作『冷香丸』。」周瑞家的聽了點頭兒，因又說：「這病發了時到底覺怎麼著？」寶釵道：「也不覺什麼，只不過喘嗽些，吃一丸也就罷了。」

……周瑞家的還欲說話時，忽聽王夫人問：「誰在裡頭？」周瑞家的忙出去答應了，趁便回了劉姥姥之事。略待半刻，見王夫人無語，方欲退出，薛姨媽忽又笑道：「妳且站住，我有一宗東西，妳帶了去罷。」說著便叫香菱。簾櫳響處，方才和金釧玩的那個小女孩子進來了，問：「奶奶叫我作什麼？」薛姨媽乃道：「把匣子裡的花兒拿來。」香菱答應了，向那邊捧了個小錦匣來。

薛姨媽道：「這是宮裡頭作的新鮮樣法，拿紗堆的花兒十二支。昨兒我想起來，白放著可惜舊了的，何不給她們姊妹們戴去。昨兒要送去，偏又忘了。妳今兒來得巧，就帶了去罷。妳家的三位姑娘，每人一對，下剩六支，送林姑娘兩支，那四支給了鳳哥罷。」

王夫人道：「留著給寶丫頭戴罷了，又想著她們！」

薛姨媽道：「姨娘不知道，寶丫頭古怪著呢，她從來不愛這些花兒粉兒的。」

⋯說著，周瑞家的拿了匣子，走出房門，見金釧仍在那裡晒日陽兒。周瑞家的因問她道：「那香菱小丫頭子，可就是常說臨上京時買的、為她打人命官司的那個小丫頭子？」

金釧道：「可不就是她。」

正說著，只見香菱笑嘻嘻的走來。周瑞家的便拉了她的手，細細的看了一會，因向金釧笑道：「倒好個模樣兒！竟有些像咱們東府裡蓉大奶奶的品格。」

金釧兒笑道：「我也是這麼說呢。」

周瑞家的又問香菱：「妳幾歲投身到這裡？」又問：「妳父母今在何處？今年十幾歲了？本處是哪裡人？」

香菱聽問，都搖頭說：「不記得了。」周瑞家的和金釧兒聽了，倒反為嘆息傷感一回。

……一時間周瑞家的攜花至王夫人正房後頭來。原來近日賈母說孫女們太多了，一處擠著倒不方便，只留寶玉、黛玉二人在這邊解悶，卻將迎、探、惜三人移到王夫人這邊房後三間小抱廈內居住，令李紈陪伴照管。如今周瑞家的故順路先往這裡來，只見幾個小丫頭子都在抱廈內聽呼喚呢。

迎春的丫鬟司棋與探春的丫鬟侍書二人正掀簾子出來，手裡都捧著茶鍾茶盤，周瑞家的便知她姊妹在一處坐著，遂進入內房，只見迎春、探春二人正在窗下圍棋。周瑞家的將花送上，說明原故。二人忙住了棋，都欠身道謝，命丫鬟們收了。

……周瑞家的答應了，因說：「四姑娘不在房裡？只怕在老太太那邊呢。」

丫鬟們道：「那屋裡不是？」周瑞家的聽了，便往這邊屋裡來。只見惜春正同水月庵的小姑子智能兒兩個一處頑耍呢。見周瑞家的進來，惜春便問她何事。周瑞家的便將花匣打開，說明原故。

惜春笑道：「我這裡正和智能兒說，我明兒也剃了頭同她作姑子去呢，可巧又送了花兒來；若剃了頭，可把這花兒戴在哪裡呢？」說著，大家取笑一回，惜春命丫鬟入畫來收了。

……周瑞家的因問智能兒：「妳是什麼時候來的？妳師父那禿歪剌[5]往那裡去了？」智能兒道：「我們一早就來了，我師父見過太太，就往于老爺府裡去了，叫我這裡等她呢。」周瑞家的又道：「十五的月例香供銀子可得了沒有？」智能兒搖頭說：「不知道。」惜春聽了，便問周瑞家的：「如今各廟月例銀子是誰管著？」周瑞家的道：「是余信管著。」惜春聽了笑道：「這就是了！她師父一來，余信家的就趕上來，和她師父咕唧了半日，想是就為這事了。」

……那周瑞家的又和智能兒嘮叨了一會，便往鳳姐兒處來。穿夾

5. 禿歪剌——罵尼姑的話。禿，指光頭。歪剌，也叫歪辣，意謂不正當的女人。

道，從李紈後窗下過，越西花牆，出西角門進入鳳姐院中。走至堂屋，只見小丫頭豐兒坐在鳳姐房門檻上，見周瑞家的來了，連忙擺手兒叫她往屋裡去。周瑞家的會意，慌得躡手躡足的往東邊房裡來，只見奶子正拍著大姐兒睡覺呢。

周瑞家的悄問奶子道：「奶奶睡中覺呢？也該清醒了。」奶子搖頭兒。

正問著，只聽那邊一陣笑聲，卻有賈璉的聲音。接著，房門響處，平兒拿著大銅盆出來，叫丰兒舀水進去。平兒便到這邊來，一見了周瑞家的便問：「妳老人家又跑了來作什麼？」周瑞家的忙起身，拿匣子與她，說送花兒一事。

平兒聽了，便打開匣子，拿出四支，轉身去了。半刻工夫，手裡拿出兩支來，先叫彩明吩咐道：「送到那邊府裡給小蓉大奶奶戴去。」次後方命周瑞家的回去道謝。

…周瑞家的這才往賈母這邊來。穿過了穿堂，頂頭忽見她女兒打扮著才從她婆家來。

周瑞家的忙問：「妳這會子跑來作什麼？」

她女兒笑道：「媽一向身上好？我在家裡等了這半日，媽竟不出去，什麼事情這樣忙得不回家？我等煩了，自己先到老太太跟前請了安了，這會子請太太安去。媽還有什麼不了的差事？手裡是什麼東西？」

周瑞家的笑道：「噯！今兒偏偏的來了個劉姥姥，我自己多事，為她跑了半日；這會子又被姨太太看見了，送這幾支花兒與姑娘奶奶們。這會子還沒送清楚呢。妳這會子跑來，一定有什麼事情的。」

她女兒笑道：「妳老人家倒會猜。實對妳老人家說，妳女婿前兒因多吃了兩杯酒，和人分爭起來，不知怎的被人放了一把邪火[6]，說他來歷不明，告到衙門裡，要遞解還鄉。所以我

6. 邪火——造謠中傷。

來和妳老人家商議商議，這個情分，求那一個可了事呢？」

周瑞家的聽了，道：「我就知道呢。這有什麼大不了的事！妳且家去等我，我送林姑娘的花兒去了就回來。此時，太太、二奶奶都不得閒兒，妳回去等我。這有什麼，忙的如此。」

女兒聽說，便回去了，又說：「媽，好歹快來！」

周瑞家的道：「是了。小人家沒經過什麼事情，就急得妳這樣了。」說著，便到黛玉房中去了。

……誰知此時黛玉不在自己房中，卻在寶玉房中，大家解九連環[7]頑呢。

周瑞家的進來笑道：「林姑娘，姨太太著我送花兒來與姑娘戴。」

寶玉聽說，先便問：「什麼花兒？拿來給我！」一面早伸手接過來了。開匣看時，原來是宮製堆紗新巧的假花兒。

7. 九連環——一種玩具，用金屬絲製成一狹長的方圈，上套九個圓環，可解下套上，手續極繁，玩時以能全部解下圓環者為勝。

黛玉只就寶玉手中看了一看，便問道：「還是單送我一人的，還是別的姑娘們都有呢？」
周瑞家的道：「各位都有了，這兩支是姑娘的了。」
黛玉冷笑道：「我就知道，別人不挑剩下的也不給我。」
周瑞家的聽了，一聲兒不言語。寶玉便問道：「周姐姐，妳作什麼到那邊去了？」
周瑞家的因說：「太太在那裡，因回話去了，姨太太就順便叫我帶來了。」
寶玉道：「寶姐姐在家作什麼呢？怎麼這幾日也不過來？」
周瑞家的道：「身上不大好呢。」
寶玉聽了，便和丫頭們說：「誰去瞧瞧？就說我和林姑娘打發來請姨娘姐姐安，問姐姐什麼病，現吃什麼藥。論理我該親自來的，就說才從學裡來，也著了些涼，異日再親自來看罷。」一說著，茜雪便答應去了。周瑞家的自去，無話。

…原來這周瑞的女婿，便是雨村的好友冷子興，近因賣古董和人打官司，故遣女人來討情分。周瑞家的仗著主子的勢利，把這些事也不放在心上，晚間只求求鳳姐兒便完了。

※……※……※

…至掌燈時分，鳳姐已卸了妝，來見王夫人回話：「今兒甄家送了來的東西，我已收了。咱們送他的，趁著他家有年下進鮮的船去，一併都交給他們帶去了罷？」

王夫人點頭。鳳姐又道：「臨安伯老太太生日的禮已經打點了，派誰送去呢？」

王夫人道：「妳瞧誰閒著，就叫她們四個女人去就是了，又來當什麼正經事問我。」

鳳姐又笑道：「今日珍大嫂子來，請我明日過去逛逛，明日倒沒有什麼事情。」

王夫人道：「有事沒事都害不著什麼。每常她來請，有我們，妳自然不便意；她既不請我們，單請妳，可知是她誠心叫妳散淡散淡，別辜負了她的心，便是有事，也該過去才是。」鳳姐答應了。當下，李紈、迎、探等姊妹們亦來定省畢，各自歸房無話。

…次日，鳳姐梳洗了，先回王夫人畢，方來辭賈母。寶玉聽了，也要跟了逛去。鳳姐只得答應，立等著換了衣服，姊兒兩個坐了車，一時進入寧府。早有賈珍之妻尤氏與賈蓉之妻秦氏婆媳兩個，引了多少姬妾丫鬟、媳婦等接出儀門。那尤氏一見了鳳姐，必先笑嘲一陣，一手攜了寶玉入上房來歸坐。秦氏獻茶畢，鳳姐因說：「妳們請我來作什麼？有什麼好東西孝敬我，就快獻上來，我還有事呢。」

尤氏秦氏未及答話，地下幾個姬妾先就笑說：「二奶奶今兒不來就罷，既來了，就依不得二奶奶了。」

正說著，只見賈蓉進來請安。寶玉因問：「大哥哥今日不在家麼？」

尤氏道：「出城請老爺安去了。」

又道：「可是妳怪悶的，坐在這裡作什麼？何不也去逛逛？」

……秦氏笑道：「今兒巧，上回寶叔立刻要見的我那兄弟，他今兒也在這裡，想在書房裡，寶叔何不去瞧一瞧？」

寶玉聽了，即便下炕要走。尤氏、鳳姐都忙說：「好生著，忙什麼？」一面便吩咐好生小心跟著，別委曲著他，倒比不得跟了老太太過來就罷了。

鳳姐兒道：「既這麼著，何不請進這秦小爺來，我也瞧瞧。難道我見不得他不成？」

尤氏笑道：「罷，罷！可以不必見他，比不得咱們家的孩子們，胡打海摔的慣了。人家的孩子，都是斯斯文文慣了的，乍見了妳這破落戶，還被人笑話死了呢！」

鳳姐笑道：「普天下的人，我不笑話就罷了，竟叫這小孩子笑話我不成？」

賈蓉笑道：「不是這話，他生得靦腆，沒見過大陣仗兒，嬸子見了，沒的生氣。」

鳳姐道：「憑他什麼樣兒的，我也要見一見，別放你娘的屁了。再不帶我看看，給你一頓好嘴巴。」

賈蓉笑嘻嘻的說：「我不敢扭著，就帶他來。」

……說著，果然出去帶進一個小後生來，較寶玉略瘦巧些，清眉秀目，粉面朱唇，身材俊俏，舉止風流，似在寶玉之上，只是怯怯羞羞，有女兒之態。靦腆含糊，慢向鳳姐作揖問好。

鳳姐喜得先推寶玉，笑道：「比下去了！」便探身一把攜了這孩子的手，就命他身旁坐下。慢慢的問他：幾歲了，讀什麼書，弟兄幾個，學名喚什麼。秦鐘一一答應了。

早有鳳姐的丫鬟媳婦們見鳳姐初會秦鐘，並未備得表禮[8]來，遂忙過那邊去告訴平兒。平兒素知鳳姐與秦氏厚密，雖是小後生家，亦不可太儉，遂自作主意，拿了一匹尺頭[9]、兩個「狀元及第」的小金錁子[10]，交付與來人送過去。鳳姐猶笑說太簡薄等語。秦氏等謝畢。一時吃過飯，尤氏、鳳姐、秦氏等抹骨牌[11]，不在話下。

……那寶玉自見了秦鐘人品，心中似有所失。痴了半日，自己心中又起了呆意，乃自思道：「天下竟有這等人物！如今看來，我竟成了泥豬癩狗了。可恨我為什麼生在這侯門公府之家，若也生在寒門薄宦之家，早得與他交結，也不枉生了一世。我雖如此比他尊貴，可知錦繡紗羅，也不過裹了我這根

8. 表禮——舊日贈送或賞賜的禮物。

9. 尺頭——衣料。

10. 「狀元及第」的小金錁子——**狀元及第**，此指金錠上的吉祥圖案，作考中的狀元戴花騎馬的形狀。**小金錁子**，金子鑄成的小錠。

11. 抹骨牌——即打骨牌。**骨牌**，又名牙牌或牌九，一種用獸骨或竹、木、象牙等製的娛樂品，也用作賭具。

死木頭；美酒羊羔，也不過填了我這糞窟泥溝。『富貴』二字，不料遭我荼毒了！」

秦鐘自見了寶玉形容出眾，舉止不凡，更兼金冠繡服，驕婢侈童，秦鐘心中亦自思道：「果然這寶玉怨不得人溺愛他。可恨我偏生於清寒之家，不能與他耳鬢交接，可知『貧窶』二字限人，亦世間之大不快事。」

二人一樣的胡思亂想。忽又有寶玉問他讀什麼書；秦鐘見問，因而答以實話。二人你言我語，十來句後，越覺親密起來。

……一時擺上茶果吃茶，寶玉便說：「我兩個又不吃酒，把果子擺在裡間小炕上，我們那裡坐去，省得鬧妳們。」於是二人進裡間來吃茶。

秦氏一面張羅與鳳姐擺酒果，一面忙進來囑寶玉道：「寶叔，你姪兒年小，倘或言語不防頭[12]，你千萬看著我，不要理

12. 不防頭——冒失、不妥當的意思。

他。他雖腆靦，卻性子左強[13]，不大隨和此是有的。」

寶玉笑道：「妳去罷，我知道了。」秦氏又囑了她兄弟一回，方去陪鳳姐。

……一時鳳姐尤氏又打發人來問寶玉：「要吃什麼，外面有，只管要去。」寶玉只答應著，也無心在飲食上，只問秦鐘近日家務等事。

秦鐘因說：「業師[14]於去年病故，家父又年紀老邁，殘疾在身，公務繁冗，因此尚未議及再延師一事，目下不過在家溫習舊課而已。再讀書一事，必須有一二知己為伴，時常大家討論，才能進益。」

寶玉不待說完，便答道：「正是呢，我們卻有個家塾，合族中有不能延師的，便可入塾讀書。子弟們中亦有親戚在內可以附讀。我因上年業師回家去了，也現荒廢著呢。家父之意，

13. 左強——性情倔強。

14. 業師——舊時稱給本人授業的老師。

亦欲暫送我去溫習舊書，待明年業師上來，再各自在家亦可。家祖母因說：一則家學裡子弟太多，生恐大家淘氣，反不好；二則也因我病了幾天，遂暫且耽擱著。如此說來，尊翁如今也為此事懸心。今日回去，何不稟明，就往我們敝塾中來，我亦相伴，彼此有益，豈不是好事？」

秦鐘笑道：「家父前日在家提起延師一事，也曾提起這裡的義學[15]倒好，原要來和這裡的親翁商議引薦。因這裡又事忙，不便為這點小事來聒絮的。寶叔果然度小姪或可磨墨滌硯，何不速速的作成，又彼此不致荒廢，又可以常相談聚，又可以慰父母之心，又可以得朋友之樂，豈不是美事？」

寶玉笑道：「放心，放心！咱們回來先告訴你姊夫姐姐和璉二嫂子。你今日回家就稟明令尊；我回去再稟明祖母，再無不速成之理。」二人計議一定。

那天氣已是掌燈時候，出來又看她們玩了一回牌。算帳時，卻

15. **義學**——也叫義塾，古代的免費學校，有宗族辦的，也有私人集資或用地方公費辦的。

又是秦氏尤氏二人輸了戲酒的東道，言定後日吃這東道。一面就叫送飯。

……晚飯畢，因天黑了，尤氏因說：「先派兩個小子送了這秦相公去。」媳婦們傳出去，半日，秦鐘告辭起身。

尤氏問：「派了誰送去？」

媳婦們回說：「外頭派了焦大，誰知焦大醉了，又罵呢。」

尤氏秦氏都說道：「偏又派他作什麼！放著這些小子們，那一個派不得？偏要惹他去！」

鳳姐道：「我成日家說妳太軟弱了，縱的家裡人這樣還了得了。」

尤氏嘆道：「妳難道不知這焦大的？連老爺都不理他的，妳珍大哥哥也不理他。只因他從小兒跟著太爺們出過三四回兵，從死人堆裡把太爺背了出來，得了命；自己挨著餓，卻偷了東西來給主子吃；兩日沒得水，得了半碗水，給主子喝，他自己喝馬溺。

「不過仗著這些功勞情分，有祖宗時都另眼相待，如今誰肯難為他去。他自己又老了，又不顧體面，一味吃酒，吃醉了，無人不罵。我常說給管事的，不要派他差事，全當一個死的就完了。今兒又派了他。」

鳳姐道：「我何曾不知這焦大。倒是你們沒主意，有這樣的，何不打發他遠遠的莊子上去就完了。」說著，因問：「我們的車可齊備了？」

地下眾人都應道：「伺候齊了。」

……鳳姐亦起身告辭，和寶玉攜手同行。尤氏等送至大廳，只見燈燭輝煌，眾小廝都在丹墀[16]侍立。那焦大又恃賈珍不在家，即在家亦不好怎樣他，更可以任意洒落洒落[17]。因趁著

16.丹墀——古代宮殿臺階上的地面塗成紅色，叫丹墀。這裡泛指臺階。丹，紅色。墀，台階。

17.洒落洒落——數說人家的不是，以發洩自己的不滿。

酒興，先罵大總管賴二，說他不公道，欺軟怕硬。「有了好差事就派別人，像這樣黑更半夜送人的事，就派我。沒良心的王八羔子！瞎充管家！你也不想想，焦大太爺蹺起一隻腳，比你的頭還高呢。二十年頭裡的焦大太爺眼裡有誰？別說你們這一把子雜種王八羔子們！」

……正罵的興頭上，賈蓉送鳳姐的車出去，眾人喝他不聽，賈蓉忍不得，便罵了他兩句，使人捆起來，「等明日酒醒了，問他還尋死不尋死了！」

那焦大那裡把賈蓉放在眼裡，反大叫起來，趕著賈蓉叫：「蓉哥兒，你別在焦大跟前使主子性兒。別說你這樣兒的，就是你爹、你爺爺，也不敢和焦大挺腰子！不是焦大一個人，你們做官兒享榮華受富貴？你祖宗九死一生掙下這家業，到如今了，不報我的恩，反和我充起主子來了。不和我說別的還可，若再說別的，咱們白刀子進去紅刀子出來！」

鳳姐在車上說與賈蓉道：「以後還不早打發了這個沒王法的東西！留在這裡豈不是禍害？倘或親友知道了，豈不笑話咱們這樣的人家，連個王法規矩都沒有？」

賈蓉答應「是」。

……眾小廝見他太撒野了不堪了，只得上來幾個，揪翻捆倒，拖往馬圈裡去。

焦大越發連賈珍都說出來，亂嚷亂叫說：「我要往祠堂裡哭太爺去。那裡承望到如今生下這些畜牲來！每日家偷狗戲雞，爬灰[18]的爬灰，養小叔子的養小叔子，我什麼不知道？咱們『胳膊折了往袖子裡藏』！」

眾小廝聽他說出這些沒天日的話來，唬得魂飛魄散，也不顧別的了，便把他捆起來，用土和馬糞滿滿的填了他一嘴。

18. 爬灰──公公與兒媳婦私通。

……鳳姐和賈蓉等也遙遙的聞得，便都裝作沒聽見。寶玉在車上見這般醉鬧，倒也有趣。因問鳳姐道：「姐姐，妳聽他說『爬灰的爬灰』，什麼是『爬灰』？」鳳姐聽了，連忙立眉嗔目斷喝道：「少胡說！那是醉漢嘴裡混吣[19]，你是什麼樣的人，不說沒聽見，還倒細問！等我回去回了太太，仔細捶你不捶你！」唬的寶玉忙央告道：「好姐姐，我再不敢說這話了！」鳳姐道：「這才是呢。等回去咱們回了老太太，打發你同你秦家姪兒學裡念書去要緊。」說著，卻自回往榮府而來。正是：

不因俊俏難為友，正為風流始讀書。

19. 混吣—又作混唚。罵人的話。牲畜嘔吐叫「吣」，把別人說話比作牲畜嘔吐，比罵「胡說」更甚。

第八回

比通靈金鶯微露意　探寶釵黛玉半含酸

⋯話說鳳姐和寶玉回家，見過眾人。寶玉先便回明賈母秦鐘要上家塾之事，自己也有了個伴讀的朋友，正好發奮；又著實的稱讚秦鐘的人品行事，最使人憐愛。

鳳姐又在一旁幫著說「過日他還來拜老祖宗」等語，說得賈母喜歡起來。

鳳姐又趁勢請賈母後日過去看戲。賈母雖年老，卻極有興頭。至後日，又有尤氏來請，遂攜了王夫人林黛玉寶玉等過去看戲。

至晌午，賈母便回來歇息了。王夫人本是好清淨的，見賈母回來，也就回來了。然後鳳姐坐了首席，盡歡至晚無話。

……※……※……※……

☆卻說寶玉因送賈母回來，待賈母歇了中覺，意欲還去看戲取樂，又恐擾得秦氏等人不便，因想起近日薛寶釵在家養病，未去親候，意欲去望她一望。若從上房後角門過去，又恐遇見別事纏繞，再或可巧遇見他父親，更為不妥，寧可繞遠路罷了。

當下眾嬤嬤丫鬟伺候他換衣服，見他不換，仍出二門去了，眾嬤嬤丫鬟只得跟隨出來，還只當他去那府中看戲。誰知到了穿堂，便向東向北繞廳後而去。偏頂頭遇見了門下清客相公[1]詹光、單聘仁二人走來。一見了寶玉，便都笑著趕上來，一個抱住腰，一個攜著手，都道：「我的菩薩哥兒，我說作了好夢呢，好容易得遇見了你。」說著，請了安，又問好，嘮叨半日，方才走開。

1. **清客相公**——清客，舊時依附官吏富貴人家幫閑湊趣的門客。

老嬤嬤叫住，因問：「你二位爺是從老爺跟前來的不是？」
二人點頭道：「老爺在夢坡齋小書房裡歇中覺呢，不妨事的。」一面說，一面走了。說得寶玉也笑了。於是轉彎向北奔梨香院來。

可巧銀庫房的總領名喚吳新登與倉上的頭目名戴良，還有幾個管事的頭目，共有七個人，從帳房裡出來，一見了寶玉，趕來都一齊垂手站住。獨有一個買辦名喚錢華，因他多日未見寶玉，忙上來打千兒[2]請安。寶玉忙含笑攜他起來。

眾人都笑說：「前兒在一處看見二爺寫的斗方兒，字法越發好了，多早晚兒賞我們幾張貼貼。」

寶玉笑道：「在那裡看見了？」

眾人道：「好幾處都有，都稱讚的了不得，還和我們尋呢。」

寶玉笑道：「不值什麼，你們說與我的小么兒們就是了。」一面說，一面前走，眾人待他過去，方都各自散了。

2. 打千兒—舊時滿族男子向人請安，左膝前屈，右腿後彎，上身微俯，右手下垂，行半跪禮。

……閑言少述，且說寶玉來至梨香院中，先入薛姨媽室中來，正見薛姨媽打點針黹與丫鬟們呢。

寶玉忙請了安，薛姨媽忙一把拉了他，抱入懷內，笑說：「這麼冷天，我的兒，難為你想著我，快上炕來坐著罷！」命人倒滾滾的茶來。

寶玉因問：「哥哥不在家？」

薛姨媽嘆道：「他是沒籠頭的馬，天天忙不了，那裡肯在家一日。」

寶玉道：「姐姐可大安了？」

薛姨媽道：「可是呢，你前兒又想著打發人來瞧她。她在裡間不是，你去瞧她，裡間比這裡暖和，那裡坐著，我收拾收拾就進去和你說話兒。」

寶玉聽說，忙下了炕，來至裡間門前，只見吊著半舊的紅紬軟簾。寶玉掀簾一邁步進去，先就看見薛寶釵坐在炕上做針線，頭上挽著漆黑油光的鬢兒，蜜合色棉襖，玫瑰紫二色金銀鼠比肩褂，蔥黃綾棉裙，一色半新不舊，看去不覺奢華。唇不點而紅，眉不畫而翠，臉若銀盆，眼如水杏。罕言寡語，人謂藏愚；安分隨時，自云守拙[3]。

寶玉一面看，一面問：「姐姐可大愈了？」

寶釵抬頭，只見寶玉進來，連忙起身含笑答說：「已經大好了，倒多謝記掛著。」

說著，讓他在炕沿上坐了，即命鶯兒斟茶來。一面又問老太太姨娘安，別的姊妹們都好；一面看寶玉頭上戴著纍絲嵌寶紫金冠，額上勒著二龍搶珠金抹額，身上穿著秋香色立蟒白狐腋[4]箭袖，繫著五色蝴蝶鸞絛，項上挂著長命鎖、記名符，另外有一塊落草時銜下來的寶玉。

寶釵因笑說道：「成日家說你的這玉，究竟未曾細細的賞鑑，我今兒倒要瞧瞧。」說著便挪近前來。寶玉亦湊了上去，從

3.藏愚、守拙——藏愚，不願顯露自己的識見和本領。守拙，謙詞，意謂安於自己的樸拙。

4.狐腋——狐狸腋窩部的毛皮，皮質輕軟潔白，十分名貴。

項上摘了下來，遞在寶釵手內。寶釵托於掌上，只見大如雀卵，燦若明霞，瑩潤如酥，五色花紋纏護。這就是大荒山中青埂峰下的那塊頑石的幻相。後人曾有詩嘲云：

女媧煉石已荒唐，又向荒唐演大荒。
失去幽靈真境界，幻來親就臭皮囊。
好知運敗金無彩，堪嘆時乖玉不光。
白骨如山忘姓氏，無非公子與紅妝。

那頑石亦曾記下他這幻相並癩僧所鐫的篆文，今亦按圖畫於後。但其真體最小，方能從胎中小兒口內銜下。今若按其體畫，恐字跡過於微細，使觀者大費眼光，亦非暢事。故今只按其形式，無非略展放些規矩[5]，使觀者便於燈下醉中可閱。今注明此故，方無胎中之兒口有多大，怎得銜此狼犺[6]

5. **展放些規矩**——放大些尺寸。規矩，畫圓和畫方的兩種工具，引申為比例、尺寸的意思。

6. **狼犺**——笨重的意思。

蠢大之物等語之謗。

……寶釵看畢，又從新翻過正面來細看，口內念道：「莫失莫忘，仙壽恆昌。」念了兩遍，乃回頭向鶯兒笑道：「妳不去倒茶，也在這裡發呆作什麼？」

鶯兒嘻嘻笑道：「我聽這兩句話，倒像和姑娘的項圈上的兩句話是一對兒。」

寶玉聽了，忙笑說道：「原來姐姐那項圈上也有八個字，我也賞鑑賞鑑。」

寶釵道：「你別聽她的話，沒有什麼字。」

寶玉笑央：「好姐姐，妳怎麼瞧我的了呢。」

寶釵被他纏不過，因說道：「也是個人給了兩句吉利話兒，所以鏨上了，叫天天帶著；不然，沉甸甸的有什麼趣兒！」一面說，一面解了排扣，從裡面大紅襖上將那珠寶晶瑩黃金燦

通靈寶玉

（正面圖式）

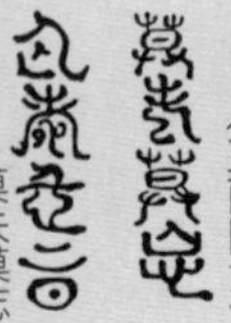

莫失莫忘

仙壽恆昌

（反面圖式）

一除邪祟

二療冤疾

三知禍福

爛的瓔珞掏將出來。

寶玉忙托了鎖看時，果然一面有四個篆字，兩面八字，共成兩句吉讖。亦曾按式畫下形相：「不離不棄，芳齡永繼。」

寶玉看了，也念了兩遍，又念自己的兩遍，因笑問：「姐姐，這八個字倒真與我的是一對。」

鶯兒笑道：「是個癩頭和尚送的，他說必須鏨在金器上……」

寶釵不待說完，便嗔她不去倒茶，一面又問寶玉從那裡來。

……寶玉此時與寶釵就近，只聞一陣陣涼森森、甜絲絲的幽香，竟不知係何香氣，遂問：「姐姐熏的是什麼香？我竟從未聞見過這味兒。」

寶釵笑道：「我最怕熏香，好好的衣服，熏得煙燎火氣的！」

寶玉道：「既如此，這是什麼香？」

寶釵想了一想，笑道：「是了，是我早起吃了丸藥的香氣。」

不離不棄

芳齡永繼

寶玉笑道：「什麼丸藥這麼好聞？好姐姐，給我一丸嘗嘗！」

寶釵笑道：「又混鬧了，一個藥也是混吃的？」

※……※……※

……一語未了，忽聽外面人說：「林姑娘來了。」話猶未了，林黛玉已搖搖的走了進來。一見了寶玉，便笑道：「噯喲，我來的不巧了！」寶玉等忙起身笑讓坐。

寶釵因笑道：「這話怎麼說？」

黛玉笑道：「早知他來，我就不來了。」

寶釵道：「我更不解這意。」

黛玉笑道：「要來時一群都來，要不來一個也不來；今兒他來了，明兒我再來，如此間錯開了來著，豈不天天有人來了？也不至於太冷落，也不至於太熱鬧了。姐姐如何反不解這意思？」

……寶玉因見她外面罩著大紅羽緞對衿褂子，因問：「下雪了麼？」地下婆娘們道：「下了這半日雪珠兒了。」

寶玉道：「取了我的斗篷來不曾？」

黛玉便道：「是不是？我來了，他就該去了。」

寶玉笑道：「我多早晚說要去了？不過是拿來預備著。」

寶玉的奶母李嬤嬤因說道：「天又下雪，也好早晚的了，就在這裡同姐姐妹妹一處玩玩罷。姨媽那裡擺茶果子呢。我叫丫頭去取了斗篷來，說給小么兒們散了罷。」寶玉應允。

李嬤嬤出去，命小廝們都各散去不提。

……這裡薛姨媽已擺了幾樣細巧茶果，留他們吃茶。寶玉因誇前日在那府裡珍大嫂子的好鵝掌鴨信[7]。薛姨媽聽了，忙也把

7. 鴨信——鴨舌頭，可製成名菜。

自己糟的取了些來與他嘗。

寶玉笑道：「這個須得就酒才好。」薛姨媽便命人去灌了些上等的酒來。

李嬤嬤便上來道：「姨太太，酒倒罷了。」

寶玉笑央道：「媽媽，我只喝一鍾。」

李嬤嬤道：「不中用！當著老太太、太太，哪怕你吃一罈呢。想那日我眼錯不見一會，不知是那一個沒調教的，只圖討你的好兒，不管別人死活，給了你一口酒吃，葬送得我挨了兩日罵。姨太太不知道他性子又可惡，吃了酒更弄性。有一日老太太高興了，又盡著他吃，什麼日子又不許他吃，何苦我白賠在裡面。」

薛姨媽笑道：「老貨，妳只放心吃妳的去。我也不許他吃多了。便是老太太問，有我呢。」

一面令小丫鬟：「來！讓妳奶奶們去，也吃杯搪搪雪氣。」那李嬤嬤聽如此說，只得和眾人且去吃些酒水。

這裡寶玉又說：「不必燙熱了，我只愛吃冷的。」

薛姨媽忙道：「這可使不得，吃了冷酒，寫字手打颭兒[8]。」

寶釵笑道：「寶兄弟，虧你每日家雜學旁收的，難道就不知道酒性最熱，若熱吃下去，發散得就快；若冷吃下去，便凝結在內，以五臟去暖他，豈不受害？從此還不快不要吃那冷的呢！」寶玉聽這話有情理，便放下冷酒，命人暖來方飲。

8. 打颭（音展）兒——即打顫兒，發抖。

……黛玉嗑著瓜子兒，只抿著嘴笑。可巧黛玉的小丫鬟雪雁走來，與黛玉送小手爐，黛玉因含笑問她說：「誰叫妳送來的？難為她費心，那裡就冷死了我！」

雪雁道：「紫鵑姐姐怕姑娘冷，使我送來的。」

黛玉一面接了，抱在懷中，笑道：「也虧妳倒聽她的話。我平日和妳說的，全當耳旁風；怎麼她說了妳就依，比聖旨還快些！」

寶玉聽這話，知是黛玉借此奚落他，也無回覆之詞，只嘻嘻的笑了兩陣罷了。寶釵素知黛玉是如此慣了的，也不去睬她。

薛姨媽因道：「妳素日身子弱，禁不得冷的，她們記掛著妳倒不好？」

黛玉笑道：「姨媽不知道。幸虧是姨媽這裡，倘或在別人家，人家豈不惱？好說就看得人家連個手爐也沒有，巴巴的從家裡送個來。不說丫頭們太小心過餘，還只當我素日是這等輕狂慣了呢。」

薛姨媽道：「妳這個多心的，有這樣想。我就沒這樣心。」

……說話時，寶玉已是三杯過去。李嬤嬤又上來攔阻。寶玉正在心甜意洽之時，和寶黛姊妹說說笑笑的，那肯不吃。寶玉只得屈意央告：「好媽媽，我再吃兩鍾就不吃了！」

李嬤嬤道：「你可仔細老爺今兒在家，提防問你的書！」寶玉聽了這話，便心中大不自在，慢慢的放下酒，垂了頭。

黛玉先忙的說：「別掃大家的興！舅舅若叫你，只說姨媽留著呢。這個媽媽，她吃了酒，又拿我們來醒脾了！」

一面悄推寶玉，使他賭氣；一面悄悄的咕噥說：「別理那老貨，咱們只管樂咱們的。」

那李嬤嬤不知黛玉的意思，因說道：「林姐兒，妳不要助著他了。妳倒勸勸他，只怕他還聽些。」

林黛玉冷笑道：「我為什麼助著他？我也不犯著勸他。妳這媽媽太小心了，往常老太太又給他酒吃，如今在姨媽這裡多吃一口，料也不妨事。必定姨媽這裡是外人，不當在這裡的也未可知。」

李嬤嬤聽了，又是急，又是笑，說道：「真真這林姑娘，說出一句話來，比刀子還尖。妳這算了什麼呢！」

寶釵也忍不住笑著，把黛玉腮上一擰，說道：「真真這個顰丫頭的一張嘴，叫人恨又不是，喜歡又不是！」

薛姨媽一面又說：「別怕，別怕，我的兒！來這裡沒好的你吃，別把這點子東西唬得存在心裡，倒叫我不安。只管放心吃，都有我呢！越發吃了晚飯去，便醉了，就跟著我睡罷。」

因命：「再燙熱酒來！姨媽陪你吃兩杯，可就吃飯罷。」寶玉聽了，方又鼓起興來。

……李嬤嬤因吩咐小丫頭子們：「妳們在這裡小心著，我家裡去換了衣服就來，悄悄的回姨太太，別任他的性，多給他吃。」說著便家去了。這裡雖還有三四個婆子，都是不關痛癢的，見李嬤嬤走了，也都悄悄的自尋方便去了。只剩了兩個小丫頭子，樂得討寶玉的歡喜。

幸而薛姨媽千哄萬哄的，只容他吃了幾杯，就忙收過了。做了酸筍雞皮湯，寶玉痛喝了兩碗，吃了半碗碧粳粥。一時薛林二人也吃完了飯，又釅釅的沏上茶來大家吃了。薛姨媽方放了心。

雪雁等三四個丫頭已吃了飯，進來伺候。黛玉因問寶玉道：「你走不走？」

寶玉乜斜倦眼道：「妳要走，我和妳一同走。」

黛玉聽說，遂起身道：「咱們來了這一日，也該回去了。還不知那邊怎麼找咱們呢。」說著，二人便告辭。

……小丫頭忙捧過斗笠來，寶玉便把頭略低一低，命她戴上。那丫頭便將著大紅猩猩氈斗笠一抖，才往寶玉頭上一合，寶玉便說：「罷，罷！好蠢東西，妳也輕些兒！難道沒見過別人戴過的？讓我自己戴罷！」

黛玉站在炕沿上道：「囉嗦什麼，過來，我瞧瞧罷！」寶玉忙就近前來。黛玉用手整理，輕輕籠住束髮冠，將笠沿掖在抹額之上，將那一顆核桃大的絳絨簪纓扶起，顫巍巍露於笠外。整理已畢，端相了端相，說道：「好了，披上斗篷罷！」寶玉聽了，方接了斗篷披上。薛姨媽忙道：「跟你們的媽媽都還沒來呢，且略等等不遲。」寶玉道：「我們倒去等她們，有丫頭們跟著也夠了。」薛姨媽不放心，到底命兩個婦女跟隨他兄妹方罷。他二人道了擾，一徑回至賈母房中。

⋯⋯賈母尚未用晚飯，知是薛姨媽處來，更加喜歡。因見寶玉吃了酒，遂命他自回房去歇著，不許再出來了。因命人好生看侍著。

忽想起跟寶玉的人來，遂問眾人：「李奶子怎麼不見？」

眾人不敢直說家去了，只說：「才進來的，想有事才去了。」

寶玉踉蹌回頭道：「她比老太太還受用呢，問她作什麼！沒有她只怕我還多活兩日。」

一面說，一面來至自己的臥室。只見筆墨在案，晴雯先接出來，笑說道：「好，好，要我研了那些墨，早起高興，只寫了三個字，丟下筆就走了，哄得我們等了一日。快來與我寫完這些墨才罷！」

寶玉忽然想起早起的事來，因笑道：「我寫的那三個字在那裡呢？」

晴雯笑道：「這個人可醉了！你頭裡過那府裡去，囑咐我貼在這門斗上的，這會子又這麼問。我生怕別人貼壞了，我親自爬高上梯的貼上，這會子還凍的手僵冷的呢。」

寶玉聽了，笑道：「我忘了。妳的手冷，我替妳渥著。」說著便伸手攜了晴雯的手，同仰首看門斗上新書的三個字。

……一時黛玉來了，寶玉便笑道：「好妹妹，妳別撒謊，妳看這三個字那一個字好？」

黛玉仰頭看裡間門斗上，新貼了三個字，寫著「絳芸軒」。黛玉笑道：「個個都好。怎麼寫得這麼好了？明兒也與我寫一個匾。」

寶玉嘻嘻的笑道：「又哄我呢。」說著又問：「襲人姐姐呢？」晴雯向裡間炕上努嘴。寶玉一看，只見襲人和衣睡著在那裡。

寶玉笑道：「好！太渥早了些。」

因又問晴雯道：「今兒我在那府裡吃早飯，有一碟子豆腐皮的包子，我想著妳愛吃，和珍大奶奶說了，只說我留著晚上吃，叫人送過來的，妳可吃了？」

晴雯道：「快別提。一送了來，我知道是我的，偏我才吃了飯，就擱在那裡。後來李奶奶來了看見，說：『寶玉未必吃了，拿來給我孫子吃去罷。』她就叫人拿了家去了。」接著，茜雪捧上茶來。寶玉因讓林妹妹吃茶。

眾人笑說：「林妹妹早走了，還讓呢！」

……寶玉吃了半碗茶，忽又想起早起的茶來，因問茜雪道：「早起沏了一碗楓露茶，我說過，那茶是三四次後才出色的，這會子怎麼又沏了這個來？」

茜雪道：「我原是留著的，那會子李奶奶來了，她要嘗嘗，就給她吃了。」

寶玉聽了，將手中的茶杯只順手往地下一擲，豁啷一聲，打個粉碎，潑了茜雪一裙子的茶。

又跳起來問著茜雪道：「她是妳那一門子的奶奶，妳們這麼孝敬她？不過是仗著我小時候吃過她幾日奶罷了。如今逞得她比祖宗還大了！如今我又吃不著奶了，白白的養著祖宗作什麼！攆了出去，大家乾淨！」說著，立刻便要去回賈母，攆他乳母。

……原來襲人實未睡著，不過故意裝睡，引寶玉來慪[9]她頑耍。先聞得說字、問包子等事，也還可不必起來；後來摔了茶鍾，動了氣，遂連忙起來解釋勸阻。

早有賈母遣人來問：「是怎麼了？」

襲人忙道：「我才倒茶來，被雪滑倒了，失手砸了鍾子。」一面又安慰寶玉道：「你立意要攆她也好，我們也都願意出去，不如趁勢連我們一齊攆了，我們也好，你也不愁再有好的來服侍你。」

寶玉聽了這話，方無了言語，被襲人等扶至炕上，脫換了衣

9. 慪（音ㄡˋ）——撩撥逗弄的意思。

服。

不知寶玉口內還說些什麼，只覺口齒綿纏，眼眉愈加餳澀，忙服侍他睡下。襲人伸手從他項上摘下那通靈玉來，用自己的手帕包好，塞在褥下，次日帶時，便冰不著脖子。那寶玉就枕便睡著了。

彼時李嬤嬤等已進來了，聽見醉了，不敢前來再加觸犯，只悄悄的打聽睡了，方放心散去。

……次日醒來，就有人回：「那邊小蓉大爺帶了秦相公來拜。」寶玉忙接了出去，領了拜見賈母。賈母見秦鐘形容標緻，舉止溫柔，堪陪寶玉讀書，心中十分歡喜，便留茶留飯，又命人帶去見王夫人等。

眾人因素愛秦氏，今見了秦鐘是這般人品，也都歡喜，臨去時都有表禮。賈母又與了一個荷包[10]並一個金魁星[11]，取「文星

10. **荷包**—用以裝藥品、香料等細小物品的扁圓形繡花小袋。

11. **金魁星**—黃金鑄成的魁星神像，有祝頌功名順利的意思。

和合」之意。

又囑咐他道：「你家住得遠，或一時寒熱飢飽不便，只管住在我這裡，不必限定了。只和你寶叔在一處，別跟著那起不長進的東西們學。」秦鐘一一的答應，回去稟知他父親秦業。

……這秦業現任營繕郎，年近七十，夫人早亡。因當年無兒女，便向養生堂抱了一個兒子並一個女兒。誰知兒子又死了，只剩女兒，小名喚可兒，長大時，生得形容嬝娜，性格風流。因素與賈家有些瓜葛，故結了親，許與賈蓉為妻。

那秦業至五旬之上方得了秦鐘。因去歲業師亡故，未暇延請高明之士，只得暫時在家溫習舊課。正思要和親家去商議，送往他家塾中去，暫且不致荒廢，可巧遇見了寶玉這個機會。又知賈家塾中現今司塾的是賈代儒，乃當今之老儒，秦鐘此去，學業料必進益，成名可望，因此十分歡喜。

只是宦囊羞澀[12]，那賈家上上下下都是一雙富貴眼睛，容易拿不出來；又恐誤了為兒子的終身大事，說不得東拼西湊的恭恭敬敬封了二十四兩贄見禮[13]，親自帶了秦鐘，來代儒家拜見了。然後聽寶玉上學之日，好一同入塾。正是：

早知日後閑爭氣，豈肯今朝錯讀書！

12. 宦囊羞澀——意謂做官者手頭拮据。

13. 贄（音至）見禮——即見面禮。

◎第九回◎ 戀風流情友入家塾 起嫌疑頑童鬧學堂

…話說秦業父子專候賈家的人來送上學擇日之信。原來寶玉急於要和秦鐘相遇，卻顧不得別的，遂擇了後日上學。「後日一早請秦相公到我這裡，會齊了，一同前去。」打發人送了去信。

…至是日一早，寶玉未起來時，襲人早已把書筆文物包好，收拾停妥，坐在床沿上發悶。見寶玉醒來，只得服侍他梳洗。

寶玉見她悶悶的，因笑問道：「好姐姐，妳怎麼又不自在了？難道怪我上學去丟得妳們冷清了不成？」

襲人笑道：「這是那裡話？讀書是極好的

事，不然，就潦倒一輩子，終究怎麼樣呢？但只一件：只是念書的時節只想著書，不念的時節想著家些。別和他們一處頑鬧，碰見老爺不是頑的。雖說是奮志要強，那功課寧可少些，一則貪多嚼不爛，二則身子也要保重。這就是我的意思，你可要體諒。」

襲人說一句，寶玉應一句。襲人又道：「大毛衣服[1]我也包好了，交出給小子們去了。學裡冷，好歹想著添換，比不得家裡有人照看。腳爐手爐的炭也交出去了，你可著他們添。那一起懶賊，你不說，他們樂得不動，白凍壞了你。」

寶玉道：「你放心，出外頭我自己都會調停的。妳們也別悶死在屋裡，長和林妹妹一處去頑笑才好。」

說著，俱已穿戴齊備，襲人催他去見賈母、賈政、王夫人等。寶玉又去囑咐了晴雯、麝月等幾句，方出來見賈母。

賈母未免也有幾句囑咐他的話。然後去見王夫人，又出來書房

1. **大毛衣服**——通常指白狐皮，也泛指其他狐貂等貴重皮毛中長毛可禦嚴寒的，用這種皮毛做的皮襖，叫做大毛衣服。

中見賈政。

…偏生這日賈政回家得早，正在書房中與相公清客們閒話。忽見寶玉進來請安，回說上學裡去，賈政冷笑道：「你如果再提『上學』兩字，連我也羞死了。依我的話，你竟頑你的去是正理。仔細站髒了我這地，靠髒了我的門！」眾清客相公們都起身笑道：「老世翁何必又如此！今日世兄一去，三二年就可顯身成名的了，斷不似往年仍作小兒之態了。天也將飯時，世兄竟快請罷！」說著便有兩個年老的攜了寶玉的手走出去了。

…賈政因問：「跟寶玉的是誰？」只聽外面答應了兩聲，早進來三四個大漢，打千兒請安。賈政看時，認得是寶玉的奶母之子，名喚李貴的。

因向他說道：「你們成日家跟他上學，他到底念了些什麼書！倒念了些胡言混語在肚子裡，學了些精緻的淘氣。等我閒一閒，先揭了你的皮，再和那不長進的算帳！」

嚇得李貴忙雙膝跪下，摘了帽子，碰頭有聲，連連答應「是」，又回說：「哥兒已念到第三本《詩經》，什麼『呦呦鹿鳴，荷葉浮萍[2]』，小的不敢撒謊。」說的滿座哄然大笑起來。賈政也撐不住笑了。因說道：「那怕再念三十本《詩經》，也都是掩耳偷鈴，哄人而已。你去請學裡師老爺安，就說我說的：什麼《詩經》古文[3]，一概不用虛應故事，只是先把《四書》一氣講明背熟，是最要緊的。」李貴忙答應「是」，見賈政無話，方退了出去。

…此時，寶玉獨站在院外，屏聲靜候。待他們出來，便忙忙的走了。

2. **呦呦鹿鳴，荷葉浮萍**—原為「食野之苹」。荷葉浮萍是李貴學舌鬧的笑話。

3. **古文**—通常指先勤兩漢及唐宋八大家的散文。

李貴等一面撣衣服，一面說道：「可聽見了不曾？可先要揭我們的皮呢！人家的奴才跟主子賺些好體面，我們這等奴才白陪著挨打受罵的。從此後也可憐見些才好。」

寶玉笑道：「好哥哥，你別委曲，我明兒請你。」

李貴道：「小祖宗，誰敢望你請，只求聽一半句話就有了。」

說著，又至賈母這邊，秦鐘早已來候了，賈母正和他說話兒呢。於是二人見過，辭了賈母。

寶玉忽想起未辭黛玉，因又忙至黛玉房中來作辭。彼時黛玉才在窗下對鏡理妝，聽寶玉來說上學去，因笑道：「好，這一去，可定是要『蟾宮折桂』去了。我不能送你了。」

寶玉道：「好妹妹，等我下了學再吃晚飯。和胭脂膏子也等我來再製。」嘮叨了半日，方撤身去了。

黛玉忙又叫住，問道：「你怎麼不去辭辭你寶姐姐呢？」寶玉笑而不答，一逕同秦鐘上學去了。

……原來這賈家之義學，離此不遠，不過一里之遙。原係始祖所立，恐族中子弟有貧窮不能請師者，即入此中肄業。凡族中有官爵之人，皆供給銀兩，按俸之多寡幫助，為學中之費。特共舉年高有德之人為塾掌[4]，專為訓課子弟。如今寶、秦二人來了，一一的都互相拜見過，讀起書來。

自此以後，他二人同來同往，同坐同起，愈加親密。又兼賈母愛惜，也時常留下秦鐘，住上三天五日，與自己的重孫一般疼愛。因見秦鐘不甚寬裕，又助他些衣履等物。不上一月之工，秦鐘在榮府便熟了。

寶玉終是不安本分之人，竟一味的隨心所欲，因此又發了癖性，又特向秦鐘悄說道：「咱們倆個人一樣的年紀，況又是同窗，以後不必論叔姪，只論弟兄朋友就是了。」先是秦

4. **塾掌**—私塾的主管者。

鐘不肯，當不得寶玉不依，只叫他「兄弟」，或叫他的表字「鯨卿」，秦鐘也只得混著亂叫起來。

……原來這學中雖都是本族人丁與些親戚的子弟，俗語說得好：「一龍生九種，種種各別[5]。」未免人多了，就有龍蛇混雜，下流人物在內。

自寶、秦二人來了，都生得花朵一般模樣，又見秦鐘靦腆溫柔，未語面先紅，怯怯羞羞，有女兒之風；寶玉又是天生成慣能作小服低，賠身下氣，性情體貼，話語綿纏。因此二人更加親厚，也怨不得那起同窗人起了疑，背地裡你言我語，詬誶謠諑[6]，布滿書房內外。

……原來薛蟠自來王夫人處住後，便知有一家學，學中廣有青年子弟，不免偶動了龍陽之興[7]。因此，也假說來上學讀書，

5. **一龍生九種，種種各別**——俗稱龍生九子不成龍，各有所好。此喻賈府族大人多，好壞不一，各種人物都有。

6. **詬誶謠諑**——詬誶，辱罵斥責。謠諑，造謠誹謗。

7. **龍陽之興**——即喜好男色。戰國時有位龍陽君，以男色事魏王而得寵，後世因以龍陽代指男色。

不過是三日打魚，兩日晒網，白送些束脩[8]禮物與賈代儒，卻不曾有一些兒進益，只圖結交些契弟[9]。

誰想這學內就有好幾個小學生，圖了薛蟠的銀錢吃穿，被他哄上的，也不消多記。更又有兩個多情的小學生，亦不知是那一房的親眷，亦未考其名姓，只因生得嫵媚風流，滿學中都送了他兩個外號，一號「香憐」，一號「玉愛」。

雖都有竊慕之意、將不利於孺子之心[10]，只是都懼薛蟠的威勢，不敢來沾惹。

如今寶、秦二人一來，見了他兩個，也不免繾綣羨慕，亦因知係薛蟠相知，故未敢輕舉妄動。香、玉二人心中，也一般的留情與寶、秦。因此，四人心中雖有情意，只未發跡。

每日一入學中，四處各坐，卻八目勾留，或設言托意，或詠桑寓柳[11]，遙以心照，卻外面自為避人眼目。不意偏又有幾個滑賊，看出形景來，都背後擠眉弄眼，或咳嗽揚聲，這也非

8. 束脩——十條乾肉紮成一束，叫做束脩。古代之見面禮最薄者。原指孔子的學生向他送的見面禮，後世用作學費的代稱。

9. 契弟——拜把兄弟。這裡含有男色的意思。

10. 將不利於孺子之心——這裡是說有人想在這兩個孩子身上打主意。

11. 詠桑寓柳——喻表面稱讚某一事物，實際寓托著對另一事情的真實感情。

止一日。

……可巧這日代儒有事，早已回家去了，只留下一句七言對聯，命學生對了，明日再來上書。將學中之事，又命長孫賈瑞暫且管理。妙在薛蟠如今不大來學中應卯了，因此秦鐘趁此和香憐擠眉使暗號，二人假裝出小恭，走至後院說梯己話。秦鐘先問他：「家裡的大人可管你交朋友不管？」一語未了，只聽背後咳嗽了一聲。二人嚇得忙回頭看時，原來是窗友名金榮者。

香憐本有些性急，便羞怒相激，問他道：「你咳嗽什麼？難道不許我們說話不成？」

金榮笑道：「許你們說話，難道不許我咳嗽不成？我只問你們：有話不明說，許你們這樣鬼鬼祟祟的幹什麼故事？我可也拿住了，還賴什麼！先得讓我抽個頭兒，咱們一聲兒不言語，不然大家就奮起來[12]。」

秦、香二人急得飛紅了臉，便問道：「你拿住什麼了？」

金榮笑道：「我現拿住了是真的。」說著，又拍著手笑嚷道：

「貼的好燒餅！你們都不買一個吃去？」

秦鐘、香憐二人又氣又急，忙進來向賈瑞前告金榮，無故欺負他兩個。

……原來這賈瑞最是個圖便宜，沒行止的人，每在學中以公報私，勒索子弟們請他；後又附助著薛蟠圖些銀錢酒肉，一任薛蟠橫行霸道，他不但不去管約，反助紂為虐討好兒。

偏那薛蟠本是浮萍心性，今日愛東，明日愛西，近來又有了新朋友，把香、玉二人丟開一邊。就連金榮亦是當日的好朋友，自有了香、玉二人，便棄了金榮。近日連香、玉亦已見棄。故賈瑞便無了提攜幫襯之人。

12. **奮起來**——聲張開來的意思。

他不說薛蟠得新棄舊，只怨香、玉二人不在薛蟠前提攜幫補他，因此賈瑞、金榮等一干人，也正在醋妒他兩個。今見秦、香二人來告金榮，賈瑞心中便不自在起來，雖不好呵叱秦鐘，卻拿著香憐作法，反說他多事，著實搶白了幾句。香憐反討了沒趣，連秦鐘也訕訕的各歸坐位去了。金榮越發得了意，搖頭咂嘴的，口內還說許多閒話，玉愛偏又聽了不忿[13]，兩個人隔座咕咕唧唧的角起口來。金榮只一口咬定說：「方才明明的撞見他兩個在後院裡親嘴摸屁股，兩個商議定了，一對一肏，撅草根兒抽長短，誰長誰先幹。」金榮只顧得意亂說，卻不防還有別人。誰知早又觸怒了一個。

你道這個是誰？

……原來這一個名喚賈薔，亦係寧府中之正派玄孫，父母早亡，從小兒跟著賈珍過活，如今長了十六歲，比賈蓉生的還風流

13. 不忿——不高興，不服氣。

俊俏。他弟兄二人最相親厚，常相共處。

寧府人多口雜，那些不得志的奴僕們，專能造言誹謗主人，因此，不知又有了什麼小人詬誶謠諑之詞。

賈珍想亦風聞得些口聲不大好，自己也要避些嫌疑，如今竟分與房舍，命賈薔搬出寧府，自去立門戶過活去了。

這賈薔外相既美，內性又聰明，雖然應名來上學，亦不過虛掩眼目而已。仍是鬥雞走狗，賞花玩柳。總恃上有賈珍溺愛，下有賈蓉匡助，因此族人誰敢來觸逆於他。他既和賈蓉最好，今見有人欺負秦鐘，如何肯依？

自己要挺身出來抱不平，心中卻忖度一番：「金榮、賈瑞一干人，都是薛大叔的相知，向日我又與薛大叔相好，倘或我一出頭，他們告訴了老薛，我們豈不傷了和氣？待要不管，如此謠言，說得大家沒趣。如今何不用計制伏，又止息口聲，又不傷臉面？」

想畢，也裝作出小恭，走至外面，悄悄把跟寶玉的書童名喚茗煙者喚到身邊，如此這般，調撥他幾句。

這茗煙乃是寶玉第一個得用的，且又年輕不諳世事，如今聽賈薔說金榮如此欺負秦鐘，連他的爺寶玉都干連在內，不給他個利害，下次越發狂縱難制了。

這茗煙無故就要欺壓人的，如今聽了這話，又有賈薔助著，便一頭進來找金榮。也不叫金相公了，只說：「姓金的，你是什麼東西！」

賈薔遂跺一跺靴子，故意整整衣服，看看日影兒說：「是時候了。」遂先向賈瑞說有事要早走一步。賈瑞不敢強他，只得隨他去了。

這裡茗煙先一把揪住金榮問道：「我們肏屁股不肏，管你雞巴相干！橫豎沒肏你爹去罷了！你是好小子，出來動一動你茗大爺！」嚇得滿屋中子弟都怔怔的痴望。
賈瑞忙吆喝：「茗煙不得撒野！」
金榮氣黃了臉，說：「反了，反了！奴才小子都敢如此，我只和你主子說。」便奪手要去抓打寶玉、秦鐘。
尚未去時，從腦後颼的一聲，早見一方硯瓦飛來，並不知係何人打來的，幸未打著，卻又打在旁人的座上，這座上乃是賈蘭賈菌。

……這賈菌亦係榮國府近派的重孫，其母亦少寡，獨守著賈菌。這賈菌與賈蘭最好，所以二人同桌而坐。誰知賈菌年紀雖小，志氣最大，極是個淘氣不怕人的。
他在座上冷眼看見金榮的朋友暗助金榮，飛硯來打茗煙，偏沒打著茗煙，便落在他桌上，正打在面前，將一個磁硯水壺打了個粉碎，濺了一書黑水。

賈菌如何依得，便罵：「好囚攮的們，這不都動了手了麼！」罵著，也便抓起硯磚來要打回去。

賈蘭是個省事的，忙按住硯，極口勸道：「好兄弟，不與咱們相干。」

賈菌如何忍得住，便兩手抱起書匣子來，照那邊掄了去。終是身小力薄，卻掄到半道，至寶玉、秦鐘桌案上就落了下來。

只聽「豁啷啷」一聲響，砸在桌上，書本、紙片、筆硯等物撒了一桌，又把寶玉的一碗茶也砸得碗碎茶流。賈菌便跳出來，要揪打那一個飛硯的。

金榮此時隨手抓了一根毛竹大板在手，地狹人多，那裡經得舞動長板。茗煙早吃了一下，亂嚷道：「你們還不來動手？」

寶玉還有三個小廝：一名鋤藥，一名掃紅，一名墨雨。這三個豈有不淘氣的，一齊亂嚷：「小婦養的！動了兵器了！」

墨雨遂掇起一根門閂，掃紅、鋤藥手中都是馬鞭子，蜂擁而上。

賈瑞急得攔一回這個，勸一回那個，誰聽他的話，肆行大鬧。眾頑童也有趁勢幫著打太平拳助樂的，也有膽小藏過一邊的，也有直立在桌上拍著手兒亂笑，喝著聲兒叫打的。登時間鼎沸起來。

……外邊李貴等幾個大僕人聽見裡邊作起反來，忙都進來一齊喝住。問是何原故，眾聲不一，這一個如此說，那一個又如彼說。李貴且喝罵了茗煙等四個一頓，攆了出去。

秦鐘的頭早撞在金榮的板子上，打起一層油皮，寶玉正拿褂襟子替他揉呢，見喝住了眾人，便命李貴：「收書！拉馬來，我去回太爺去！我們被人欺負了，不敢說別的，守禮來告訴瑞大爺，瑞大爺反倒派我們的不是，聽著人家罵我們，還調唆他們打我們茗煙，連秦鐘的頭也打破。

「這還在這裡念什麼書！茗煙他也是為有人欺侮我的。不如散了罷。」

李貴勸道：「哥兒不要性急。太爺既有事回家去了，這會子為這點子事去聒噪他老人家，倒顯得咱們沒理似的。依我的主意，那裡的事情那裡了結，何必驚動老人家。

「這都是瑞大爺的不是，太爺不在這裡，你老人家就是這學裡的頭腦了，眾人看你行事。眾人有了不是，該打的打，該罰的罰，如何等鬧到這步田地還不管？」

賈瑞道：「我吆喝著都不聽。」

李貴笑道：「不怕你老人家惱我，素日你老人家到底有些不正經，所以這些兄弟才不聽。就鬧到太爺跟前去，連你老人家也脫不過的。還不快作主意撕羅[14]開了罷！」

寶玉道：「撕羅什麼？我必是回去的！」

秦鐘哭道：「有金榮，我是不在這裡念書的。」

14. 撕羅——調停解決。

寶玉道：「這是為什麼？難道有人家來得，咱們倒來不得？我必回明白眾人，攆了金榮去。」

又問李貴：「金榮是那一房的親戚？」

李貴想一想道：「也不用問了。若說起哪一房的親戚，更傷了兄弟們的和氣。」

……茗煙在窗外道：「他是東胡同子裡璜大奶奶的姪兒。哪是什麼硬正仗腰子[15]的，也來唬我們！璜大奶奶是他姑娘。你那姑媽只會打旋磨子[16]，給我們璉二奶奶跪著借當頭[17]。我眼裡就看不起他那樣的主子奶奶！」

李貴忙斷喝不止，說：「偏你這小狗肏的知道，有這些蛆嚼[18]！」

寶玉冷笑道：「我只當是誰的親戚，原來是璜嫂子的姪兒，我就去問問她來！」說著便要走。叫茗煙進來包書。

15. 硬正仗腰子——猶言硬的後台。仗腰子的，指可作依仗的靠山。

16. 打旋磨子——圍著人打轉轉，向人獻殷勤的意思。

17. 借當頭——舊時用實物去當鋪借錢叫抵押或典當，用作典當質的東西叫當頭，借別人的東西去典當叫作「借當頭」。

18. 蛆嚼——罵人胡說八道的意思。

茗煙包著書，又得意道：「爺也不用自己去見，等我去她家，就說老太太有說的話問她呢，雇上一輛車拉進去，當著老太太問她，豈不省事？」

李貴忙喝道：「你要死！仔細回去我好不好先捶了你，然後再回老爺太太，就說寶玉全是你調唆的。我這裡好容易勸哄好了一半，你又來生個新法子。你鬧了學堂，不說變法兒壓息了才是，倒要往大裡鬧！」茗煙方不敢作聲兒了。

……此時，賈瑞也生恐鬧大了，自己也不乾淨，只得委曲著來央告秦鐘，又央告寶玉。先是他二人不肯。

後來寶玉說：「不回去也罷了，只叫金榮賠不是便罷。」

金榮先是不肯，後來禁不得賈瑞也來逼他去賠不是，李貴等只得好勸金榮，說：「原是你起的端，你不這樣，怎得了局？」

金榮強不過，只得與秦鐘作了揖。

寶玉還不依，偏定要磕頭。賈瑞只要暫息此事，又悄悄的勸金榮說：「俗語說得好：『殺人不過頭點地。』你既惹出事來，少不得下點氣兒，磕個頭就完事了。」金榮無奈，只得進前來與秦鐘磕頭。且聽下回分解。

◎第一〇回◎

金寡婦貪利權受辱
張太醫論病細窮源

……話說金榮因人多勢眾，又兼賈瑞勒令，賠了不是，給秦鐘磕了頭，寶玉方才不吵鬧了。大家散了學，金榮回到家中，越想越氣，說：「秦鐘不過是賈蓉的小舅子，又不是賈家的子孫，附學讀書，也不過和我一樣。他因仗著寶玉和他好，他就目中無人。他既是這樣，就該行些正經事，人也沒的說。他素日又和寶玉鬼鬼祟祟的，只當人都是瞎子，看不見。今日他又去勾搭人，偏偏的撞在我眼睛裡。就是鬧出事來，我還怕什麼不成？」

……他母親胡氏聽見他咕咕嘟嘟的說，因問

道：「你又要爭什麼閒氣？好容易我望你姑媽說了，你姑媽又千方百計的才向他們西府裡的璉二奶奶跟前說了，你才得了這個念書的地方。若不是仗著人家，咱們家裡還有力量請得起先生？

「況且人家學裡，茶也是現成的，飯也是現成的。你這二年在那裡念書，家裡也省好大的嚼用呢。省出來的，你又愛穿件鮮明衣服。

「再者，不是因你在那裡念書，你就認得什麼薛大爺了？那薛大爺一年不給不給，這二年也幫了咱們有七八十兩銀子。你如今要鬧出了這個學房，再要找這麼個地方，我告訴你說罷，比登天還難呢！你給我老老實實的頑一會子睡你的覺去，好多著呢。」

於是金榮忍氣吞聲，不多一時，他自去睡了。次日仍舊上學去了。不在話下。

……且說她姑娘，原聘給的是賈家『玉』字輩的嫡派，名喚賈璜。但其族人那裡皆能像寧、榮二府的富勢，原不用細說。這賈璜夫妻，守著些小的產業，又時常到寧、榮二府裡去請請安，又會奉承鳳姐兒並尤氏，所以鳳姐兒尤氏也時常資助資助他，方能如此度日。

今日正遇天氣晴明，又值家中無事，遂帶了一個婆子，坐上車，來家裡走走，瞧瞧寡嫂並姪兒。

……閑話之間，金榮的母親偏提起昨日賈家學房裡的那事，從頭至尾，一五一十都向她小姑子說了。

這璜大奶奶不聽則已，聽了，一時怒從心上起，說道：「這秦鐘小崽子是賈門的親戚，難道榮兒不是賈門的親戚？人都別忒勢利了，況且都做的是什麼有臉的好事！就是寶玉，也犯不上向著他到這個樣。等我去到東府瞧瞧我們珍大奶奶，再向秦鐘他姐姐說說，叫她評評這個理。」

這金榮的母親聽了這話，急得了不得，忙說道：「這都是我的嘴快，告訴了姑奶奶，求姑奶奶別去，別管他們誰是誰非。倘或鬧起來，怎麼在那裡站得住。若是站不住，家裡不但不能請先生，反倒在他身上添出許多嚼用來呢。」

璜大奶奶聽了，說道：「那裡管得許多！妳等我說了，看是怎麼樣。」也不容她嫂子勸，一面叫老婆子瞧了車，就坐上往寧府裡來。

…到了寧府，進了車門，到了東邊小角門前下了車，進去見了賈珍之妻尤氏。也未敢氣高，殷殷勤勤敘過寒溫，說了些閒話，方問道：「今日怎麼沒見蓉大奶奶？」

尤氏說道：「她這些日子不知怎麼著，經期有兩個多月沒來。叫大夫瞧了，又說並不是喜。那兩日，到了下半天就懶待動，話也懶待說，眼神也發眩。

「我說她：『妳且不必拘禮，早晚不必照例上來，妳竟好生養養罷。就是有親戚一家兒來，有我呢。就有長輩們怪妳，等我替妳告訴。』

「連蓉哥我都囑咐了，我說：『你不許累掯[1]她，不許招她生氣，叫她靜靜的養養就好了。她要想什麼吃，只管到我這裡取來。倘或我這裡沒有，只管望你璉二嬸子那裡要去。倘或她有個好歹，你再要娶這麼一個媳婦，這麼個模樣兒，這麼個性情的人兒，打著燈籠也沒地方找去。』

「她這為人行事，哪個親戚、哪個一家的長輩不喜歡她？所以我這兩日好不煩心，焦得我了不得。偏偏今兒早晨她兄弟來瞧她，誰知那小孩子家不知好歹，看見他姐姐身上不大爽快，就有事也不當告訴她，別說是這麼一點子小事，就是你受了一萬分的委曲，也不該向她說才是。誰知他們昨兒學房

1. 累掯——亦作「勒掯」。強制、逼勒之意。

裡打架，不知是那裡附學來的一個人欺侮了他了。裡頭還有些不乾不淨的話，都告訴了他姐姐。

「嬸子，妳是知道那媳婦的，雖則見了人有說有笑，會行事兒，她可心細，心又重，不拘聽見個什麼話兒，都要度量個三日五夜才罷。這病就是打這個秉性上頭思慮出來的。

「今兒聽見有人欺負了她兄弟，又是惱，又是氣。惱的是那群混帳狐朋狗友的扯是搬非、調三惑四的那些人；氣的是她兄弟不學好，不上心讀書，以致如此學裡吵鬧。她聽了這事，今日索性連早飯也沒吃。

「我聽見了，我方到她那邊安慰了她一會子，又勸解了她兄弟一會子。我叫她兄弟到那邊府裡找寶玉去了。我才看著她吃了半盞燕窩湯，我才過來了。嬸子，妳說我心焦不心焦？況且如今又沒個好大夫，我想到她這病上，我心裡倒像針扎似的。妳們知道有什麼好大夫沒有？」

……金氏聽了這半日話，把方才在她嫂子家的那一團要向秦氏論理的盛氣，早嚇得都丟在爪洼國[2]去了。聽見尤氏問她知道有好大夫的話，連忙答道：「我們這麼聽著，實在也沒聽見人說有個好大夫。如今聽起大奶奶這個來，定不得還是喜呢。嫂子倒別教人混治。倘或認錯了，這可是了不得的！」

尤氏道：「可不是呢。」

正說話之間，賈珍從外進來，見了金氏，便向尤氏問道：「這不是璜大奶奶麼？」金氏向前給賈珍請了安。

賈珍向尤氏說道：「讓這大妹妹吃了飯去。」賈珍說著話，就過那屋裡了。金氏此來，原要向秦氏說說秦鐘欺負了她姪兒的事，聽見秦氏有病，不但不能說，亦且不敢提了。況且賈珍、尤氏又待得很好，反轉怒為喜的，又說了一會子話兒，方家去了。

2. 爪洼國。古代南洋國名，今屬印度尼西亞。明清時，常喻指極遙遠的地方。

……金氏去後，賈珍方過來坐下，問尤氏道：「今日她來，有什麼說的事情麼？」

尤氏答道：「倒沒說什麼。一進來的時候，臉上倒像有些著了惱的氣色似的，及說了半天話，又提起媳婦這病，她倒漸漸的氣色平定了。你又叫讓她吃飯，她聽見媳婦這麼病，也不好意思只管坐著，又說了幾句閒話兒就去了，倒沒有求什麼事。

「如今且說媳婦這病，你到哪裡尋個好大夫來給她瞧瞧要緊，可別耽誤了。現今咱們家走的這群大夫，那裡要得，一個個都是聽著人的口氣兒，人怎麼說，他也添幾句文話兒說一遍。

「可倒殷勤得很，三四個人一日輪流著，倒有四五遍來看脈。他們大家商量著立個方子，吃了也不見效，倒弄得一日換四五遍衣裳，坐起來見大夫，其實於病人無益。」

賈珍說道：「可是。這孩子也糊塗，何必脫脫換換的，倘或了涼，更添一層病，那還了得！衣裳任憑是什麼好的，可又值什麼！孩子的身子要緊，就是一天穿一套新的，也不值什麼。」

「我正進來要告訴妳：方才馮紫英來看我，他見我有些抑鬱之色，問我是怎麼了。我才告訴他說，媳婦忽然身子有好大的不爽快，因為不得個好太醫，斷不透是喜是病，又不知有妨礙無妨礙，所以我這兩日心裡著實著急。

「馮紫英因說起他有一個幼時從學的先生，姓張名友士，學問最淵博的，更兼醫理極深，且能斷人的生死。今年是上京給他兒子來捐官，現在他家住著呢。這麼看來，竟是合該媳婦的病在他手裡除災亦未可知。

「我即刻差人拿我的名帖[3]請去了。今日倘或天晚了不能來，明日想必一定來。況且馮紫英又即刻回家親自去求他，務必

3. 名帖——即名片。舊時在紙片上書寫自己的姓名、籍貫、官職、爵位，拜訪時投以通名。

叫他來瞧瞧。等這個張先生來瞧了再說罷。」

……尤氏聽了，心中甚喜，因說道：「後日是太爺的壽日，到底怎麼辦？」

賈珍說道：「我方才到了太爺那裡去請安，兼請太爺來家來受一受一家子的禮。

「太爺因說道：『我是清淨慣了的，我不願意往你們那樣是非場中去鬧去。你們必定說是我的生日，要叫我去受眾人些頭，莫過你把我從前注的《陰騭文》[4]給我叫人好好的寫出來刻了，比叫我無故受眾人的頭還強百倍呢。

「倘或後日這兩日一家子要來，你就在家裡好好的款待他們就是了。也不必給我送什麼東西來，連你後日也不必來，你要心中不安，你今日就給我磕了頭去。倘或後日你要來，又跟隨多少人來鬧我，我必和你不依。』

4. 陰騭（音治）文——相傳為文昌君所作，是一篇宣揚因果報應等思想的勸善文。

「如此說了又說，後日我是再不敢去的了。且叫來升來，吩咐他預備兩日的筵席。」

尤氏因叫人叫了賈蓉來：「吩咐來升照舊例預備兩日的筵席，要豐豐富富的。你再親自到西府裡去請老太太、大太太、二太太和你璉二嬸子來逛逛。你父親今日又聽見一個好大夫，業已打發人請去了，想必明日必來。你可將他這些日子的病症細細的告訴他。」

……賈蓉一一的答應出去了。正遇著方才去馮紫英家請那先生的小子回來了，因回道：「奴才方才到了馮大爺家，拿了老爺的名帖請那先生去。

「那先生說道：『方才這裡大爺也向我說了。但是今日拜了一天的客，才回到家，此時精神實在不能支持，就是去到府上，也不能看脈。』他說等調息一夜，明日務必到府。

「他又說，他『醫學淺薄，本不敢當此重薦，因我們馮大爺和府上的大人既已如此說了，又不得不去，你先代我回明大人就是了。大人的名帖實不敢當。』仍叫奴才拿回來了。哥兒替奴才回一聲兒罷。」

賈蓉復轉身進去，回了賈珍、尤氏的話，方出來叫了來升來，吩咐他預備兩日的筵席的話。來升聽畢，自去照例料理。不在話下。

……※……※……※……

……且說次日午間，人回道：「請的那張先生來了。」賈珍遂延入大廳坐下。茶畢，方開言道：「昨承馮大爺示知老先生人品學問，又兼深通醫學，小弟不勝欽仰之至。」

張先生道：「晚生粗鄙下士，本知見淺陋。昨因馮大爺示知，大人家第謙恭下士，又承呼喚，敢不奉命。但毫無實學，倍增顏汗[5]。」

賈珍道：「先生何必過謙。就請先生進去看看兒婦，仰仗高明，以釋下懷。」

……於是，賈蓉同了進去。到了賈蓉居室，見了秦氏，向賈蓉說道：「這就是尊夫人了？」

賈蓉道：「正是。請先生坐下，讓我把賤內的病說一說再看脈如何？」

那先生道：「依小弟的意思，竟先看過脈再說的為是。我是初造尊府的，本也不曉得什麼，但是我們馮大爺務必叫小弟過來看看，小弟所以不得不來。如今看了脈息，看小弟說的是不是，再將這些日子的病勢講一講，大家斟酌一個方兒，可用不可用，那時大爺再定奪。」

賈蓉道：「先生實在高明，如今恨相見之晚。就請先生看一看

5. 顏汗—或作汗顏，即聽到別人對自己稱許恭維而羞愧得臉上都出汗。

脈息，可治不可治，以便使家父母放心。」於是家下媳婦們捧過大迎枕[6]來，一面給秦氏靠著，一面拉著袖口，露出手腕來。

先生方伸手按在右手脈上，調息了至數[7]，寧神細診了半刻的工夫；方換過左手，亦復如是。診畢脈息，說道：「我們外邊坐罷。」

……賈蓉於是同先生到外邊屋裡炕上坐了，一個婆子端了茶來。賈蓉道：「先生請茶。」於是陪先生吃了茶，遂問道：「先生看這脈息，還治得治不得？」

先生道：「看得尊夫人這脈息：左寸沉數，左關沉伏；右寸細而無力，右關需而無神。其左寸沉數者，乃心氣虛而生火；左關沉伏者，乃肝家氣滯血虧。右寸細而無力者，乃肺經氣

6. 迎枕——中醫切脈時，墊在病人手背下的小枕，亦作迎手。

7. 至數——一呼一吸叫作息。正常人一息間脈搏跳動的次數叫作「至數」。

分太虛；右關需而無神者，乃脾土被肝木克制。心氣虛而生火者，應現經期不調，夜間不寐。

「肝家血虧氣滯者，必然肋下疼脹，月信過期，心中發熱。肺經氣分太虛者，頭目不時眩暈，寅卯間必然自汗，如坐舟中。脾土被肝木克制者，必然不思飲食，精神倦怠，四肢酸軟。

「據我看，這脈息應當有這些症候才對。或以這個脈為喜脈，則小弟不敢從其教也。」

旁邊一個貼身服侍的婆子道：「何嘗不是這樣呢。真正先生說的如神，倒不用我們告訴了。如今我們家裡現有好幾位太醫老爺瞧著呢，都不能的當真切的這麼說。

「有一位說是喜，有一位說是病；這位說不相干，那位說怕冬至，總沒有個準話兒。求老爺明白指示指示。」

……那先生笑道：「大奶奶這個症候，可是那幾位耽擱了。要在初次行經的時後就用藥治起來，不但斷無今日之患，而且此時已全愈了。

「如今既是把病耽誤到這個地位，也是應有此災。依我看來，這病尚有三分治得。吃了我這藥看，若是夜間睡得著覺，那時又添了二分拿手了。

「據我看這脈息：大奶奶是個心性高強，聰明不過的人；但聰明太過，則不如意事常有；不如意事常有，則思慮太過。此病是憂慮傷脾，肝木忒旺，經血所以不能按時而至。大奶奶從前的行經的日子問一問，斷不是常縮，必是常長的。是不是？」

這婆子答道：「可不是，從沒有縮過，或是長兩日三日，以至十日都長過。」

先生聽了道：「妙啊！這就是病源了。從前若能夠以養心調經之藥服之，何至於此！這如今明顯出一個水虧木旺的症候來。待用藥看看。」於是寫了方子，遞與賈蓉，上寫的是：

益氣養榮補脾和肝湯

人參二錢。白朮二錢，土炒。雲苓三錢。熟地四錢。歸身二錢，酒洗。白芍二錢，炒。川芎錢半。黃芪三錢。香附米二錢，製。醋柴胡八分。懷山藥二錢，炒。真阿膠二錢，蛤粉炒。延胡索錢半，酒炒。炙甘草八分。引用建蓮子七粒，去心。紅棗二枚。

賈蓉看了，說：「高明的很。還要請教先生，這病與性命終久有妨無妨？」

先生笑道：「大爺是最高明的人。人病到這個地位，非一朝一夕的症候，吃了這藥也要看醫緣了。依小弟看來，今年一冬是不相干的。總是過了春分，就可望全愈了。」賈蓉也是個聰明人，也不往下細問了。

……於是賈蓉送了先生去了，方將這藥方子並脈案都給賈珍看了，說的話也都回了賈珍並尤氏了。

尤氏向賈珍說道：「從來大夫不像他說的這麼痛快，想必用藥也不錯。」

賈珍道：「人家原不是混飯吃的久慣行醫的人。因為馮紫英與我們相好，他好容易求了他來的。既有這個人，媳婦的病或者就能好了。他那方子上有人參，就用前日買的那一斤好的罷。」

賈蓉聽畢話，方出來叫人打藥去煎給秦氏吃。不知秦氏服了此藥病勢如何，且聽下回分解。

◎第一一回◎

慶壽辰寧府排家宴
見熙鳳賈瑞起淫心

…話說是日賈敬的壽辰，賈珍先將上等可吃的東西、稀奇些的果品，裝了十六大捧盒，著賈蓉帶領家下人等與賈敬送去，向賈蓉說道：「你留神看太爺喜歡不喜歡，你就行了禮來。你說：『我父親遵太爺的話未敢來，在家裡率領合家都朝上行了禮了。』」賈蓉聽罷，即率領家人去了。

…這裡漸漸的就有人來了。先是賈璉、賈薔到來，先看了各處的座位，並問：「有什麼頑意兒沒有？」家人答道：「我們爺原算計請太爺今日來家，所以並未敢預備頑意兒。前日，聽見太爺又不來了，現叫奴才們找了一班小戲兒並一檔子打十番的[1]，都在園子裡戲臺上預備著呢。」

……次後邢夫人、王夫人、鳳姐兒、寶玉都來了，賈珍並尤氏接了進去。尤氏的母親已先在這裡呢。大家見過了，彼此讓了坐。

賈珍、尤氏二人親自遞了茶，因說道：「老太太原是老祖宗，我父親又是姪兒，這樣日子，原不敢請她老人家；但是這個時候，天氣正涼爽，滿園的菊花又盛開，請老祖宗過來散散悶，看著眾兒孫熱鬧熱鬧，是這個意思。誰知老祖宗又不肯賞臉。」

鳳姐兒未等王夫人開口，先說道：「老太太昨日還說要來著呢，因為晚上看著寶兄弟他們吃桃兒，老人家又嘴饞了，吃了有大半個，五更天的時候，就一連起來了兩次，今日早晨略覺

1. 一檔子打十番的——一班演奏十番的藝人。十番，又稱十番鑼鼓，一種用樂器合奏的套曲。

身子倦些。因叫我回大爺，今日斷不能來了，說有好吃的要幾樣，還要很爛的。」

賈珍聽了笑道：「我說老祖宗是愛熱鬧的，今日不來，必定有個原故，若是這麼著就是了。」

…王夫人道：「前日聽見妳大妹妹說，蓉哥兒媳婦兒身上有些不大好，到底是怎麼樣？」

尤氏道：「她這個病得的也奇，上月中秋還跟著老太太、太太們頑了半夜，回家來好好的。到了二十後，一日比一日覺懶，也懶待吃東西，這將近有半個多月了。經期又有兩個月沒來。」

邢夫人接著說道：「別是喜罷？」

…正說著，外頭人回道：「大老爺、二老爺並一家子的爺們都來了，在廳上呢。」賈珍連忙出去了。

這裡尤氏方說道：「從前大夫也有說是喜的。昨日馮紫英薦了他從學過的一個先生，醫道很好，瞧了說不是喜，竟是很大的一個症候。昨日開了方子，吃了一劑藥，今日頭眩得略好些，別的仍不見怎麼樣大見效。」

鳳姐兒道：「我說她不是十分支持不住，今日這樣的日子，再也不肯不扎掙著上來。」

尤氏道：「妳是初三日在這裡見她的，她強扎掙了半天，也是因你們娘兒兩個好的上頭，她才戀戀的捨不得去。」

鳳姐兒聽了，眼圈兒紅了半天，半日方說道：「真是『天有不測風雲，人有旦夕禍福』。這個年紀，倘或就因這個病上怎麼樣了，人還活著有甚麼趣兒！」

……正說話間，賈蓉進來，給邢夫人、王夫人、鳳姐兒前都請了安，方回尤氏道：「方才我去給太爺送吃食去，並回說我父親在家中伺候老爺們，款待一家子的爺們，遵太爺的話並未敢來。太爺聽了甚喜歡，說：『這才是』。叫告訴父親母親好生伺候太爺太太們，叫我好生伺候叔叔嬸子們並哥哥們。還說那《陰騭文》，叫急急的刻出來，印一萬張散人。我將此話都回了我父親了。我這會子得快出去打發太爺們並合家爺們吃飯。」

鳳姐兒說：「蓉哥兒，你且站住。你媳婦今日到底是怎麼著？」賈蓉皺皺眉，說道：「不好麼！嬸子回來瞧瞧去就知道了。」

於是賈蓉出去了。

……這裡尤氏向邢夫人、王夫人道：「太太們在這裡吃飯啊，還是在園子裡吃去好？小戲兒現預備在園子裡呢。」

王夫人向邢夫人道：「我們索性吃了飯再過去罷，也省好些事。」

邢夫人道：「很好。」於是尤氏就吩咐媳婦婆子們：「快送飯來！」門外一齊答應了一聲，都各人端各人的去了。

不多一時，擺上了飯。尤氏讓邢夫人、王夫人並她母親都上了坐，她與鳳姐兒、寶玉側席坐了。

邢夫人、王夫人道：「我們來原為給大老爺拜壽，這不竟是我們來過生日來了麼？」

鳳姐兒說道：「大老爺原是好養靜的，已經修煉成了，也算得是神仙了。太太們這麼一說，這就叫作『心到神知』了。」一句話說得滿屋裡的人都笑起來了。

……於是，尤氏的母親並邢夫人、王夫人、鳳姐兒都吃畢飯，漱了口，淨了手，才說要往園子裡去。

賈蓉進來向尤氏說道：「老爺們並眾位叔叔哥哥兄弟們也都吃

了飯了。大老爺說家裡有事，二老爺是不愛聽戲又怕人鬧得慌，都才去了。別的一家子爺們都被璉二叔並薔兄弟讓過去聽戲去了。

「方才南安郡王、東平郡王、西寧郡王、北靜郡王四家王爺，並鎮國公牛府等六家，忠靖侯史府等八家，都差人持了名帖送壽禮來，俱回了我父親，先收在帳房裡了，禮單都上上檔子[2]了。老爺的領謝的名帖都交給各來人了，各來人也都照舊例賞了，眾來人都讓吃了飯才去。母親該請二位太太、老娘、嬸子都過園子裡坐著去罷。」

尤氏道：「也是才吃完了飯，就要過去了。」

……鳳姐兒說：「我回太太，我先瞧瞧蓉哥兒媳婦，我再過去。」

王夫人道：「很是。我們都要去瞧瞧她，倒怕她嫌鬧得慌，說我們問她好罷。」

2. 上檔子——檔子，分門別類登記的簿冊。上檔子，就是記在簿冊上。

尤氏道：「好妹妹，媳婦聽妳的話，妳去開導開導她，我也放心。妳就快些過園子裡來。」

寶玉也要跟了鳳姐兒去瞧秦氏去，王夫人道：「你看看就過去罷，那是姪兒媳婦。」於是尤氏請了邢夫人、王夫人並她母親都過會芳園去了。

……鳳姐兒、寶玉方和賈蓉到秦氏這邊來了。進了房門，悄悄的走到裡間房門口，秦氏見了，就要站起來，鳳姐兒說：「快別起來，看起猛了頭暈。」

於是鳳姐兒就緊走了兩步，拉住秦氏的手，說道：「我的奶奶！怎麼幾日不見，就瘦得這麼著了！」於是就坐在秦氏坐的褥子上。寶玉也問了好，坐在對面椅子上。

賈蓉叫：「快倒茶來，嬸子和二叔在上房還未喝茶呢。」

……秦氏拉著鳳姐兒的手，強笑道：「這都是我沒福。這樣人家，公公婆婆當自己的女孩兒似的待。嬸娘的姪兒雖說年輕，卻也是他敬我，我敬他，從來沒有紅過臉兒。就是一家子的長輩、同輩之中，除了嬸子倒不用說了，別人也從無不疼我的，也無不和我好的。

「這如今得了這個病，把我那要強的心一分也沒有了。公婆跟前未得孝順一天，就是嬸娘這樣疼我，我就有十分孝順的心，如今也不能夠了。我自想著，未必熬的過年去呢。」

……寶玉正眼瞅著那《海棠春睡圖》並那秦太虛寫的「嫩寒鎖夢因春冷，芳氣籠人是酒香」的對聯，不覺想起在這裡睡晌覺，夢到「太虛幻境」的事來。正自出神，聽得秦氏說了這些話，如萬箭攢心，那眼淚不知不覺就流下來了。

鳳姐兒心中雖十分難過，但恐怕病人見了眾人這個樣兒，反添心酸，倒不是來開導勸解的意思了。

見寶玉這個樣子，因說道：「寶兄弟，你忒婆婆媽媽的了。她病人不過是這麼說，哪裡就到得這個田地了？況且能多大年紀的人，略病一病兒，就這麼想那麼想的，這不是自己倒給自己添病了麼？」

賈蓉道：「她這病也不用別的，只是吃得些飲食就不怕了。」

鳳姐兒道：「寶兄弟，太太叫你快過去呢。你別在這裡只管這麼著，倒招得媳婦也心裡不好。太太那裡又惦著你。」

因向賈蓉說道：「你先同你寶叔叔過去罷，我還略坐一坐兒。」賈蓉聽說，即同寶玉過會芳園來了。

……這裡鳳姐兒又勸解了秦氏一番，又低低的說了許多衷腸話兒。

尤氏打發人請了兩三遍，鳳姐兒才向秦氏說道：「妳好生養著罷，我再來看妳。合該妳這病要好，所以前日就有人薦了這個好大夫來，再也是不怕的了。」

秦氏笑道：「任憑神仙也罷，治得病治不得命。嬸子，我知道我這病不過是挨日了。」

鳳姐兒說道：「妳只管這麼想著，病那裡能好呢？總要想開了才是。況且聽得大夫說，若是不治，怕的是春天不好。如今才九月半，還有四五個月的工夫，什麼病治不好呢？咱們若是不能吃人參的人家，這也難說了；你公公婆婆聽見治得好你，別說一日二錢人參，就是二斤，也能夠吃得起。好生養著罷，我過園子裡去了。」

秦氏又道：「嬸子，恕我不能跟過去了。閒了時候還求嬸子常過來瞧瞧我，咱們娘兒們坐坐，多說幾遭話兒。」

鳳姐兒聽了，不覺得又眼圈兒一紅，遂說道：「我得了閒兒，必常來看妳。」

3.若耶之溪、天臺之路——這裡借典形容園中溪水、路徑的幽美別緻。**若耶溪**，在浙江紹興縣南，相傳西施曾在這裡浣紗。**天臺路**，傳說漢代劉晨、阮肇入天臺山採藥，遇到兩個仙女留住於是鳳姐兒帶領跟來的婆子、丫頭並寧府的媳婦、婆子們，從裡頭繞進園子的便門來。但只見：

黃花滿地，白柳橫坡。
小橋通若耶之溪，曲徑接天臺之路[3]。
石中清流激湍，籬落飄香；
樹頭紅葉翩翻，疏林如畫。
西風乍緊，初罷鶯啼；暖日當暄[4]，又添蛩語[5]。
遙望東南，建幾處依山之榭；
縱觀西北，結三間臨水之軒[6]。笙簧[7]盈耳。
別有幽情；羅綺[8]穿林，倍添韻致。

鳳姐兒正自看園中的景致，一步步行來讚賞。猛然從假山石後走過一個人來，向前對鳳姐兒說道：「請嫂子安。」

半年。

4.暖日當暄——溫和的日光曬得正暖。暄，暖和。

5.蛩語——蟋蟀的鳴聲。

6.榭、軒——榭，高臺上建築的房屋。軒，敞亮別致的小屋。

7.笙簧——這裡用「笙簧」之聲形容流水聲的悠揚悅耳。笙，樂器，用瓠製成，有十三個管筒。簧，指笙管底部安裝的發聲器。

8.羅綺——皆絲織品。這裡代指服飾華麗的人們。

鳳姐兒猛然見了，將身子望後一退，說道：「這是瑞大爺不是？」
賈瑞說道：「嫂子連我也不認得了？不是我是誰！」
鳳姐兒道：「不是不認得，猛然一見，不想到是大爺到這裡來。」
賈瑞道：「也是合該我與嫂子有緣。我方才偷出了席，在這個清淨地方略散一散，不想就遇見嫂子也從這裡來。這不是有緣麼？」一面說著，一面拿眼睛不住的覷著鳳姐兒。
……鳳姐兒是個聰明人，見他這個光景，如何不猜透八九分呢。因向賈瑞假意含笑道：「怨不得你哥哥時常提你，說你很好。今日見了，聽你說這幾句話兒，就知道你是個聰明和氣的人了。這會子我要到太太們那裡去，不得和你說話兒，等閒了咱們再說話兒罷。」

賈瑞道：「我要到嫂子家裡去請安，又恐怕嫂子年輕，不肯輕易見人。」

鳳姐兒假意笑道：「一家子骨肉，說什麼年輕不年輕的話！」賈瑞聽了這話，再不想到今日得這個奇遇，那神情光景越發不堪難看了。

鳳姐兒說道：「你快去入席去罷，仔細他們拿住罰你酒！」

賈瑞聽了，身上已木了半邊，慢慢的一面走著，一面回過頭來看。

鳳姐兒故意的把腳步放遲了些兒，見他去遠了，心裡暗忖道：

「這才是『知人知面不知心』呢，哪裡有這樣禽獸的人呢。他如果如此，幾時叫他死在我的手裡，他才知道我的手段！」

……於是，鳳姐兒方移步前來。將轉過了一重山坡，見兩三個婆子慌慌張張的走來，見了鳳姐兒，笑說道：「我們奶奶見二奶奶只是不來，急得了不得，叫奴才們又來請奶奶來了。」鳳姐兒說道：「妳們奶奶就是這麼急腳鬼似的。」鳳姐兒慢慢的走著，問：「戲唱了幾齣了？」那婆子回道：「有八九齣了。」說話之間，已來到了天香樓的後門，見寶玉和一群丫頭們在那裡玩呢。鳳姐兒說道：「寶兄弟，別忒淘氣了！」有一個丫頭說道：「太太們都在樓上坐著呢，請奶奶就從這邊上去罷。」

……鳳姐兒聽了，款步提衣上了樓，見尤氏已在樓梯口等著呢。尤氏笑說道：「妳們娘兒兩個忒好了，見了面總捨不得來了。妳明日搬來和她住著罷。妳坐下，我先敬妳一鍾。」於是鳳姐兒在邢、王二夫人前告了坐，又在尤氏的母親前周旋了一遍，仍同尤氏坐在一桌上吃酒聽戲。

尤氏叫拿戲單來，讓鳳姐兒點戲。鳳姐兒說道：「親家太太和太太們在這裡，我如何敢點。」

邢夫人、王夫人說道：「我們同親家太太都點了好幾齣了，妳點兩齣好的我們聽。」

鳳姐兒立起身來，答應了一聲，方接了戲單，從頭一看，點了一齣《還魂》[9]，一齣《彈詞》[10]，遞過戲單去說：「現在唱的這《雙官誥》[11]，唱完了，再唱這兩齣，也就是時候了。」

王夫人道：「可不是呢，也該趁早叫妳哥哥嫂子歇歇，他們又心裡不靜。」

尤氏說道：「太太們又不常過來，娘兒們多坐一會子去，才有趣兒，天還早呢。」

鳳姐兒立起身來，望樓下一看，說：「爺們都往哪裡去了？」

9. **《還魂》**——明代湯顯祖《牡丹亭》的第三十五齣。寫杜麗娘死而復生和柳夢梅結為夫妻。

10. **《彈詞》**——清初洪昇著《長生殿》的第三十八齣。寫唐玄宗、楊貴妃的故事。

11. **《雙官誥》**——清代陳二白著《雙官誥》傳奇，寫馮琳如的婢妾碧蓮守節教子，後來得了夫子雙份官誥的故事。

旁邊一個婆子道：「爺們才到凝曦軒，帶了打十番的那裡吃酒去了。」

鳳姐兒說道：「在這裡不便宜，背地裡又不知幹什麼去了！」

尤氏笑道：「哪裡都像妳這麼正經人呢。」

……於是說說笑笑，點的戲都唱完了，方才撤下酒席，擺上飯來。吃畢，大家才出園子來，到上房坐下，吃了茶，方才叫預備車，向尤氏的母親告了辭。

尤氏率同眾姬妾並家下婆子、媳婦們方送出來；賈珍率領眾子姪都在車旁侍立，等候著呢，見了邢、王夫人說道：「二位嬸子明日還過來逛逛。」

王夫人道：「罷了，我們今日整坐了一日，也乏了，明日歇歇罷。」於是都上車去了。

賈瑞猶不時拿眼睛覷著鳳姐兒。賈珍等進去後，李貴才拉過馬來。寶玉騎上，隨了王夫人去了。這裡賈珍同一家子的弟兄、子姪吃過了晚飯，方大家散了。

……次日，仍是眾族人等鬧了一日，不必細說。此後鳳姐兒不時親自來看秦氏。秦氏也有幾日好些，也有幾日仍是那樣。賈珍、尤氏、賈蓉好不焦心。

……※……※……※……

……且說賈瑞到榮府來了幾次，偏都遇見鳳姐兒往寧府那邊去了。這年正是十一月三十日冬至。到交節的那幾日，賈母、王夫人、鳳姐兒日日差人去看秦氏，回來的人都說：「這幾日也未見添病，也不見甚好。」

王夫人向賈母說：「這個症候，遇著這樣大節不添病，就有好大的指望了。」

賈母說：「可是呢，好個孩子，要是有些原故，可不叫人疼死。」

說著，一陣心酸，叫鳳姐兒說道：「妳們娘兒兩個也好了一場，明日大初一，過了明日，妳後日去看一看她去。妳細細的瞧瞧她那光景，倘或好些兒，妳回來告訴我，我也喜歡喜歡。那孩子素日愛吃的，妳也常叫人做些給她送過去。」鳳姐兒一一的答應了。

……到了初二日，吃了早飯，來到寧府，看見秦氏的光景，雖未甚添病，但是那臉上身上的肉全瘦乾了。於是和秦氏坐了半日，說了些閒話兒，又將這病無妨的話開導了一遍。

秦氏說道：「好不好，春天就知道了。如今現過了冬至，又沒怎麼樣，或者好得了也未可知。嬸子回老太太、太太放心罷。昨日老太太賞的那棗泥餡的山藥糕，我倒吃了兩塊，倒像克化[12]得動似的。」

鳳姐兒說道：「明日再給妳送來。我到妳婆婆那裡瞧瞧，就要趕著回去回老太太的話去。」

秦氏道：「嬸子替我請老太太、太太安罷。」

……鳳姐兒答應著就出來了，到了尤氏上房坐下。尤氏道：「妳冷眼瞧媳婦是怎麼樣？」

鳳姐兒低了半日頭，說道：「這實在沒法兒了。妳也該將一應的後事用的東西給她料理料理，沖一沖[13]也好。」

尤氏道：「我也叫人暗暗的預備了。就是那件東西不得好木頭，暫且慢慢的辦罷。」

於是，鳳姐兒吃了茶，說了一會子話兒，說道：「我要快回去回老太太的話去呢。」

尤氏道：「妳可緩緩的說，別嚇著老太太。」

12. 克化—消化。

13. 沖—一種迷信習俗，有沖散噩運之意。如為重病人預先準備喪事，認為可以沖掉病災。

鳳姐兒道：「我知道。」

……於是鳳姐兒就回來了。到了家中，見了賈母，說：「蓉哥兒媳婦請老太太安，給老太太磕頭，說她好些了，求老祖宗放心罷。她再略好些，還要給老祖宗磕頭請安來呢。」

賈母道：「妳看她是怎麼樣？」

鳳姐兒說：「暫且無妨，精神還好呢。」

賈母聽了，沉吟了半日，因向鳳姐兒說：「妳換換衣服，歇歇去罷。」

鳳姐兒答應著出來，見過了王夫人，到了家中，平兒將烘的家常的衣服給鳳姐兒換了。

鳳姐兒方坐下，問道：「家裡沒有什麼事麼？」

平兒方端了茶來，遞了過去，說道：「沒有什麼事。就是那三百銀子的利銀，旺兒媳婦送進來，我收了。再有瑞大爺使人來打聽奶奶在家沒有，他要來請安說話。」
鳳姐兒聽了，哼了一聲，說道：「這畜生合該作死，看他來了怎麼樣！」
平兒因問道：「這瑞大爺是因什麼只管來？」鳳姐兒遂將九月裡在寧府園子裡遇見他的光景，他說的話，都告訴了平兒。
平兒說道：「癩蛤蟆想天鵝肉吃，沒人倫的混帳東西，起這個念頭，叫他不得好死！」
鳳姐兒道：「等他來了，我自有道理。」
不知賈瑞來時作何光景，且聽下回分解。

◎第一二回◎

王熙鳳毒設相思局
賈天祥正照風月鑑

：：話說鳳姐正與平兒說話，只見有人回說：「瑞大爺來了。」

鳳姐急命：「快請進來。」賈瑞見往裡讓，心中喜出望外，急忙進來，見了鳳姐，滿面陪笑，連連問好。鳳姐兒也假意殷勤，讓茶讓坐。

：：賈瑞見鳳姐如此打扮，亦發酥倒，因餳[1]了眼問道：「二哥哥怎麼還不回來？」

鳳姐道：「不知什麼原故。」

賈瑞笑道：「別是在路上有人絆住了腳，捨不得回來也未可知？」

鳳姐道：「也未可知。男人家見一個愛一個也是有的。」

賈瑞笑道：「嫂子這話說錯了，我就不這樣。」

鳳姐笑道：「像你這樣的人能有幾個呢，十個裡也挑不出一個來。」

賈瑞聽了，喜得抓耳撓腮。又道：「嫂子天天也悶得很。」

鳳姐道：「正是呢，只盼個人來說話，解解悶兒。」

賈瑞笑道：「我倒天天閒著，天天過來替嫂子解解閒悶可好不好？」

鳳姐笑道：「你哄我呢，你哪裡肯往我這裡來！」

賈瑞道：「我在嫂子跟前，若有一點謊話，天打雷劈！只因素日聞得人說，嫂子是個利害人，在妳跟前一點也錯不得，所以唬住了我。如今見嫂子最是有說有笑極疼人的，我怎麼不來？死了也願意！」

鳳姐笑道：「果然你是個明白人，比賈蓉、賈薔兩個強遠了。我看他那樣清秀，只當他們心裡明白，誰知竟是兩個糊塗

1. 餳（音揚）——兩眼半睜半閉的樣子。

蟲，一點不知人心。」

……賈瑞聽了這話，越發撞在心坎兒上，由不得又往前湊了一湊，覷著眼看鳳姐帶的荷包，然後又問帶著什麼戒指。

鳳姐悄悄道：「放尊重些！別叫丫頭們看了笑話。」賈瑞如聽綸音[2]了佛語一般，忙往後退。

鳳姐笑道：「你該去了。」

賈瑞道：「我再坐一會兒——好狠心的嫂子。」

鳳姐又悄悄的道：「大天白日，人來人往，你就在這裡也不方便。你且去，等著晚上起了更你來，悄悄的在西邊穿堂兒等我。」

賈瑞聽了，如得珍寶，忙問道：「妳別哄我。但只那裡人過的多，怎麼好躲的？」

鳳姐道：「你只放心。我把上夜的小廝們都放了假，兩邊門一

2. 綸音——皇帝的宿命，後常代指「聖旨」。

關，再沒別人了。」

賈瑞聽了，喜之不盡，忙忙的告辭而去，心內以為得手。

……盼到晚上，果然黑地裡摸入榮府，趁掩門時，鑽入穿堂，果見漆黑無一人。往賈母那邊去的門戶已倒鎖，只有向東的門未關。賈瑞側耳聽著，半日不見人來，忽聽「咯蹬」一聲，東邊的門也倒關了。

賈瑞急得也不敢作聲，只得悄悄的出來，將門撼了撼，關得鐵桶一般。此時要求出去亦不能夠，南北皆是大房牆，要跳亦無攀援。這屋內又是過門風，空落落的；現是臘月天氣，夜又長，朔風凜凜，侵肌裂骨，一夜幾乎不曾凍死。

好容易盼到早晨，只見一個老婆子先將東門開了，進來去叫西門。賈瑞瞅她背著臉，一溜煙抱著肩跑了出來，幸而天氣尚早，人都未起，從後門一逕跑回家去。

……原來賈瑞父母早亡，只有他祖父代儒教養。那代儒素日教訓最嚴，不許賈瑞多走一步，生怕他在外吃酒賭錢，有誤學業。今忽見他一夜不歸，只料定他在外非飲即賭，嫖娼宿妓，哪裡想到這段公案，因此氣了一夜。

賈瑞也捻著一把汗，少不得回來撒謊，只說：「往舅舅家去了，天黑了，留我住了一夜。」

代儒道：「自來出門，非稟我不敢擅出，如何昨日私自去了？據此亦該打，何況是撒謊！」因此，發狠到底打了三四十板，不許吃飯，令他跪在院內讀文章，定要補出十天的工課來方罷。

賈瑞直凍了一夜，今又遭了苦打，且餓著肚子，跪著在風地裡讀文章，其苦萬狀。

……此時，賈瑞前心猶是未改，再想不到是鳳姐捉弄他。過後兩日，得了空，便仍來找鳳姐。鳳姐故意抱怨他失信，賈瑞急得賭身發誓。

鳳姐因見他自投羅網，少不得再尋別計令他知改，故又約他道：「今日晚上，你別在那裡了。你在我這房後小過道子裡那間空屋裡等我，可別冒撞了。」

賈瑞道：「果真？」

鳳姐道：「誰可哄你！你不信就別來。」

賈瑞道：「來，來，來。死也要來！」

鳳姐道：「這會子你先去罷。」

賈瑞料定晚間必妥，此時先去了。鳳姐在這裡便點兵派將，設下圈套。

那賈瑞只盼不到晚上，偏生家裡親戚又來了，直等吃了晚飯才去，那天已有掌燈時分。又等他祖父安歇了，方溜進榮府，直往那夾道中屋子裡來等著，熱鍋上螞蟻一般，只是乾轉。左等不見人影，右聽也沒聲響，心下自思：「別是又不來了，又凍我一夜不成？」

正自胡猜，只見黑魆魆的來了一個人，賈瑞便意定是鳳姐，不管皂白，餓虎一般，等那人剛至門前，便如貓捕鼠的一般，抱住叫道：「我的親嫂子，等死我了！」

說著，抱到屋裡炕上就親嘴扯褲子，滿口裡「親娘」「親爹」的亂叫起來。那人只不作聲。賈瑞扯了自己褲子，硬幫幫的就想頂入。

忽見燈光一閃，只見賈薔舉著個捻子[3]照道：「誰在屋裡？」只見炕上那人笑道：「瑞大叔要肏我呢。」

賈瑞一見，卻是賈蓉，真臊得無地可入，不知要怎麼樣才好。回身就要跑，被賈薔一把揪住道：「別走！如今璉二嬸已經告到太太跟前，說你無故調戲她。她暫用了個脫身計，哄你

3. 捻子——這裡指引火用的紙捲兒。

在這邊等著。太太氣死過去了，因此叫我來拿你。剛才你又攔住他，沒的說，跟我去見太太！」

……賈瑞聽了，魂不附體，只說：「好姪兒，只說沒有見我，明日我重重的謝你。」

賈薔道：「你若謝我，放你不值什麼，只不知你謝我多少？況且口說無憑，寫一文契來！」

賈瑞道：「這如何落紙呢？」

賈薔道：「這也不妨，寫一個賭錢輸了外人帳目，借頭家銀若干兩便罷。」

賈瑞道：「這也容易。只是此時無紙筆。」

賈薔道：「這也容易。」說罷，翻身出來，紙筆現成，拿來命賈瑞寫。他兩個作好作歹，只寫了五十兩，然後畫了押，賈薔收起來。

4.撕擄——排解。

然後撕擄[4]賈蓉。賈蓉先咬定牙不依，只說：「明日告訴族中的人評評理。」

賈瑞急得至於叩頭。賈薔作好作歹的，也寫了一張五十兩欠契才罷。

賈薔又道：「如今要放你，我就擔著不是。老太太那邊的門早已關了，老爺正在廳上看南京的東西，那一條路定難過去，如今只好走後門。若這一走，倘或遇見了人，連我也完了。等我們先去哨探哨探，再來領你。這屋裡你還藏不得，少時就來堆東西。等我尋個地方。」

說畢，拉著賈瑞，仍熄了燈，出至院外，摸著大臺磯底下，說道：「這窩兒裡好，你只蹲著，別哼一聲，等我們來再動。」

說畢，二人去了。

……賈瑞此時身不由己，只得蹲在那裡。心下正盤算，只聽頭頂上一聲響，嘩拉拉一淨桶尿糞從上面直潑下來，可巧澆了他一身一頭。賈瑞掌不住『噯喲』了一聲，忙又掩住口，不敢聲張，滿頭滿臉渾身皆是尿屎，冰冷打戰。只見賈薔跑來叫：「快走，快走！」賈瑞如得了命，三步兩步從後門跑到家裡，天已三更，只得叫門。開門人見他這般景況，問是怎的。少不得扯謊說：「黑了，失腳掉在茅廁裡了。」一面到了自己房中，更衣洗濯，心下方想到是鳳姐玩他。因此發一回恨，再想想鳳姐的模樣兒，又恨不得一時摟在懷內，一夜竟不曾合眼。

……自此滿心想鳳姐，只不敢往榮府去了。賈蓉兩個又常常的來索銀子，他又怕祖父知道，正是相思尚且難禁，更又添了債務。日間功課又緊，他二十來歲人，尚未娶親，邇來想著鳳姐，未免有那指頭告了消乏等事。

更兼兩回凍惱奔波，因此三五下裡夾攻，不覺就得了一病：心內發膨脹，口中無滋味，腳下如綿，眼中似醋，黑夜作燒，白晝常倦，下溺連精，嗽痰帶血。諸如此症，不上一年都添全了。

於是不能支持，一頭睡倒，合上眼還只夢魂顛倒，滿口亂說胡話，驚怖異常。百般請醫療治，諸如肉桂、附子、鱉甲、麥冬、玉竹等藥，吃了有幾十斤下去，也不見個動靜。

……倏忽又臘盡春回，這病更又沉重。代儒也著了忙，各處請醫療治，皆不見效。因後來吃「獨參湯」，代儒如何有這力量，只得往榮府來尋。

王夫人命鳳姐秤二兩給他，鳳姐回說：「前兒新近都替老太太配了藥，那整的太太又說留著送楊提督的太太配藥，偏生昨兒我已送了去了。」

王夫人道：「就是咱們這邊沒了，妳打發個人往妳婆婆那邊問問，或是妳珍大哥哥那府裡再尋些來，湊著給人家，吃好了，救人一命，也是妳的好處。」

鳳姐聽了，也不遣人去尋，只得將些渣末泡鬚湊了幾錢，命人送去，只說：「太太送來的，再也沒了。」然後回王夫人，只說：「都尋了來，共湊了有二兩送去。」

那賈瑞此時要命心甚切，無藥不吃，只是白花錢，不見效。忽然這日有個跛足道人來化齋，口稱專治冤業之症。賈瑞偏生在內就聽見了，直著聲叫喊說：「快請進那位菩薩來救我！」一面叫，一面在枕上叩首。眾人只得帶了那道士進來。

賈瑞一把拉住，連叫「菩薩救我！」

那道士嘆道：「你這病非藥可醫，我有個寶貝與你，你天天看時，此命可保矣。」說畢，從褡褳中取出一面鏡子來——兩面皆可照人，鏡把上面鏨[5]著「風月寶鑑」四字——遞與賈瑞道：「這物出自太虛幻境空靈殿上，警幻仙子所製，專治邪思妄動之症，有濟世保生之功。所以帶它到世上，單與那些聰明傑俊、風雅王孫等看照。千萬不可照正面，只照它的背面，要緊，要緊！三日後吾來收取，管叫你好了。」說畢，佯常而去，眾人苦留不住。

賈瑞收了鏡子，想道：「這道士倒有意思，我何不照一照試試。」

想畢，拿起風月鑑來，向反面一照，只見一個骷髏立在裡面，唬得賈瑞連忙掩了，罵：「道士混帳，如何嚇我！我倒再照照正面是什麼。」

想著，又將正面一照，只見鳳姐站在裡面招手叫他。賈瑞心中一喜，蕩悠悠的覺得進了鏡子，與鳳姐雲雨一番，鳳姐仍送

5. 鏨（音贊）——在金石上雕刻。

他出來。到了床上，『噯喲』了一聲，一睜眼，鏡子從手裡掉過來，仍是反面立著一個骷髏。賈瑞自覺汗津津的，底下已遺了一灘精。心中到底不足，又翻過正面來，只見鳳姐還招手叫他，他又進去。

如此三四次。到了這次，剛要出鏡子來，只見兩個人走來，拿鐵鎖把他套住，拉了就走。賈瑞叫道：「讓我拿了鏡子再走！」只說得這句，就再不能說話了。

…旁邊服侍賈瑞的眾人，只見他先還拿著鏡子照，落下來，仍睜開眼，拾在手內；末後鏡子落下來便不動了。

眾人上來看時，已沒了氣。身子底下冰涼漬濕一大灘精。這才忙著穿衣抬床。代儒夫婦哭得死去活來，大罵道士，「是何妖鏡！若不早毀此物，遺害於世不小。」遂命架火來燒。

只聽鏡內哭道：「誰叫你們瞧正面了！你們自己以假為真，何苦來燒我？」正哭著，只見那跛足道人從外面跑來，喊道：「誰毀『風月鑑』？吾來救也！」說著，直入中堂，搶入手內，飄然去了。

……當下，代儒料理喪事，各處去報喪。三日起經[6]，七日發引[7]，寄靈於鐵檻寺，日後帶回原籍。當下，賈家眾人齊來弔問，榮國府賈赦贈銀二十兩，賈政亦是二十兩，寧國府賈珍亦有二十兩，別者族中貧富不一，或三兩或五兩，不可勝數。另有各同窗家分資，也湊了二三十兩。代儒家道雖然淡薄，倒也豐富完了此事，家中很可度日。

……※……※……※……

……誰知這年冬底，林如海的書信寄來，卻為身染重疾，寫書特來接林黛玉回去。賈母聽了，未免又加憂悶，只得忙忙的打

6. **起經**——舊俗人死後第三天，開始請和尚道士念經，叫起經。

7. **發引**——出殯時，送喪人牽著引索作前導，把靈柩從停放的地方運出，叫發引。

點黛玉起身。寶玉大不自在，爭奈父女之情，也不好攔勸。於是賈母定要賈璉送她去，仍叫帶回來。一應土儀盤纏[8]，不消煩說，自然要妥貼。作速擇了日期，賈璉與林黛玉辭別了賈母等，帶領僕從，登舟往揚州去了。要知端的，且聽下回分解。

8.土儀盤纏——用土產作為贈人的禮物叫土儀。盤纏，即盤川、旅費。

◎第一三回◎

秦可卿死封龍禁尉
王熙鳳協理寧國府

……話說鳳姐兒自賈璉送黛玉往揚州去後，心中實在無趣。每到晚間，不過和平兒說笑一回，就胡亂睡了。

……這日夜間，正和平兒燈下擁爐倦繡，早命濃薰繡被，二人睡下，屈指算行程該到何處，不知不覺已交三鼓。平兒已睡熟了。

鳳姐方覺星眼微朦，恍惚只見秦氏從外走了進來，含笑說道：「嬸子好睡！我今日回去，妳也不送我一程。因娘兒們素日相好，我捨不得嬸嬸，故來別妳一別。還有一件心願未了，非告訴嬸子，別人未必中用。」

……鳳姐聽了，恍惚問道：「有何心願？妳只管托我就是了。」

秦氏道：「嬸嬸，妳是個脂粉隊裡的英雄，連那些束帶頂冠的男子也不能過妳，妳如何連兩句俗語也不曉得：常言『月滿則虧，水滿則溢』；又道是『登高必跌重』。如今我們家赫赫揚揚，已將百載，一日倘或樂極悲生，若應了那句『樹倒猢猻散』的俗語，豈不虛稱了一世的詩書舊族了！」

鳳姐聽了此話，心胸大快，十分敬畏。忙問道：「這話慮得極是，但有何法可以永保無虞？」

秦氏冷笑道：「嬸子好痴也！否極泰來[1]，榮辱自古周而復始，豈人力能可保常的。但如今能於榮時籌畫下將來衰時的世業，亦可謂常保永全了。即如今日諸事都妥，只有兩件未妥，若把此事如此一行，則日後可保永全了。」

鳳姐便問何事。秦氏道：「目今祖塋[2]雖四時祭祀，只是無一定的錢糧；第二，家塾雖立，無一定的供給。依我想來，如

1. 否極泰來——意思是情況壞到極點，就會往好的方面轉化。否、泰，《周易》中的兩個卦名。

2. 塋（音瑩）——墳墓。

今盛時固不缺祭祀、供給，但將來敗落之時，此二項有何出處？莫若依我定見，趁今日富貴，將祖塋附近多置田莊房舍地畝，以備祭祀供給之費皆出自此處，將家塾亦設於此。合同族中長幼，大家定了則例，日後按房掌管這一年的地畝、錢糧、祭祀、供給之事。

「如此周流，又無爭競，亦不有典賣諸弊。便是有了罪，凡物可入官，這祭祀產業，連官也不入的。便敗落下來，子孫回家讀書務農，也有個退步，祭祀又可永繼。

「若目今以為榮華不絕，不思後日，終非長策。眼見不日又有一件非常喜事，真是烈火烹油、鮮花著錦之盛。要知道，也不過是瞬間的繁華，一時的歡樂，萬不可忘了那『盛筵必散』的俗語。此時若不早為後慮，臨期只恐後悔無益了。」

鳳姐忙問：「有何喜事？」

秦氏道：「天機不可洩漏。只是我與嬸子好了一場，臨別贈妳兩句話，須要記著。」因念道：

三春去後諸芳盡，各自須尋各自門。

……鳳姐還欲問時，只聽二門上傳事雲板連叩四下[3]，正是喪音，將鳳姐驚醒。人回：「東府蓉大奶奶沒了！」鳳姐聞聽，嚇了一身冷汗，出了一回神，只得忙忙的穿衣，往王夫人處來。

……彼時合家皆知，無不納罕，都有些疑心。那長一輩的想她素日孝順，平一輩的想她素日和睦親密，下一輩的想她素日慈愛，以及家中僕從老小想她素日憐貧惜賤、慈老愛幼之恩，莫不悲嚎痛哭者。

……閒言少敍，卻說寶玉因近日林黛玉回去，剩得自己孤悽，也不和人頑耍，每到晚間，便索然睡了。如今從夢中聽見說

3.雲板連叩四下——報凶喪大事的訊號。舊俗吉事常用三數，凶事常用四數，有「神三鬼四」之說。

秦氏死了，連忙翻身爬起來，只覺心中似戳了一刀的，不忍「哇」的一聲，噴出一口血來。

襲人等慌慌忙忙來攙扶，問是怎麼樣，又要回賈母來請大夫。寶玉笑道：「不用忙，不相干！這是急火攻心，血不歸經[4]。」說著便爬起來，要衣服換了，來見賈母，即時要過去。

襲人見他如此，心中雖放不下，又不敢攔，只是由他罷了。賈母見他要去，因說：「才咽氣的人，那裡不乾淨；二則夜裡風大，等明早再去不遲。」寶玉那裡肯依。賈母命人備車，多派跟從人役，擁護前來。

一直到了寧國府前，只見府門洞開，兩邊燈籠照如白晝，亂烘烘人來人往，裡面哭聲搖山振岳。寶玉下了車，忙忙奔至停靈之室，痛哭一番。

然後見過尤氏。誰知尤氏正犯了胃疼舊疾，睡在床上。然後又出來見賈珍。彼時賈代儒、代修、賈敕、賈效、賈敦、賈

4.急火攻心，血不歸經——中醫認為人的情緒受到突如其來的刺激，可以引起情志之火內發，而使心火肝火亢盛，逼血妄行，就會出現吐血等症狀。

敕、賈政、賈琮、賈㻞、賈珩、賈珖、賈琛、賈瓊、賈璘、賈薔、賈菖、賈菱、賈芸、賈芹、賈蓁、賈萍、賈藻、賈蘅、賈芬、賈芳、賈蘭、賈菌、賈芝等都來了。

賈珍哭得淚人一般，正和賈代儒等說道：「合家大小，遠近親友，誰不知我這媳婦比兒子還強十倍！如今伸腿去了，可見這長房內絕滅無人了。」說著，又哭起來。

眾人忙勸道：「人已辭世，哭也無益，且商議如何料理要緊。」賈珍拍手道：「如何料理，不過盡我所有罷了！」

……正說著，只見秦業、秦鐘並尤氏的幾個眷屬、尤氏姊妹也都來了。賈珍便命賈瓊、賈琛、賈璘、賈薔四個人去陪客，一面吩咐去請欽天監陰陽司[5]來擇日，擇準停靈七七四十九日，三日後開喪送訃聞。

這四十九日，單請一百單八眾禪僧在大廳上拜大悲懺[6]，超度

5. 欽天監陰陽司——

欽天監，明清時代的官署名，主管觀天文、定歷數、卜吉凶、辨禁忌等事。

陰陽司，作者虛擬的官署名。

6. 拜大悲懺——

拜懺，請僧眾念經拜佛，代人消災或超度亡魂。

拜大悲懺，是在拜懺時念大悲咒。

前亡後化諸魂，以免亡者之罪。另設一壇於天香樓上，是九十九位全真道士[7]，打四十九日解冤洗業醮[8]。然後停靈於會芳園中，靈前另有五十眾高僧、五十眾高道，對壇按七作好事[9]。

那賈敬聞得長孫媳死了，因自為早晚就要飛升，如何肯又回家染了紅塵，將前功盡棄呢？因此並不在意，只憑賈珍料理。

賈珍見父親不管，亦發恣意奢華。看板時，幾副杉木板皆不中用。可巧薛蟠來弔問，因見賈珍尋好板，便說道：「我們木店裡有一副，叫作什麼檣木，出在潢海鐵網山上，作了棺材，萬年不壞。這還是當年先父帶來，原係義忠親王老千歲要的，因他壞了事[10]，就不曾拿去。現在還封在店內，也沒有人出價敢買。你若要，就抬來使罷。」

賈珍聽了，喜之不禁，即命人抬來。大家看時，只見幫底皆厚

7.全真道士——本指道士中信奉全真派的人，後泛指各派道士的通稱。

8.打醮——舊時請僧道設壇念經、超度亡魂的活動。

9.按七作好事——舊時認為人死後會轉生，從剛死之日算起，每七天為一期，設奠一次，直到七七為止。

10.壞了事——這裡指因獲罪而被革去官爵。

八寸，紋若檳榔，味若檀麝，以手扣之，玎璫如金玉。大家都奇異稱讚。

賈珍笑問：「價值幾何？」

薛蟠笑道：「拿一千兩銀子來，只怕也沒處買去。什麼價不價，賞他們幾兩工錢就是了。」

賈珍聽說，忙謝不盡，即命解鋸糊漆。賈政因勸道：「此物恐非常人可享者，殮以上等杉木也就是了。」

此時，賈珍恨不能代秦氏之死，這話如何肯聽。

……因忽又聽得秦氏之丫鬟名喚瑞珠者，見秦氏死了，她也觸柱而亡。此事可罕，合族中人也都稱嘆。賈珍遂以孫女之禮殮殯，一併停靈於會芳園中之登仙閣。

小丫鬟名寶珠者，因見秦氏身無所出，乃甘心願為義女，誓任摔喪駕靈之任。賈珍喜之不禁，即時傳下：「從此皆呼寶珠為小姐。」那寶珠按未嫁女之喪，在靈前哀哀欲絕。於是，合族人丁並家下諸人，都各遵舊制行事，自不得紊亂。

賈珍因想著賈蓉不過是個黌門監[11]，靈幡經榜上寫時不好看，便是執事[12]也不多，因此心下甚不自在。

可巧這日正是首七第四日，早有大明宮掌宮內相[13]戴權，先備了祭禮遣人抬來，次後坐了大轎，打傘鳴鑼，親來上祭。賈珍忙接著，讓至逗蜂軒獻茶。

賈珍心中打算定了主意，因而趁便就說要與賈蓉捐個前程的話。

戴權會意，因笑道：「想是為喪禮上風光些。」

賈珍忙笑道：「老內相所見不差。」

戴權道：「事倒湊巧，正有個美缺。如今三百員龍禁尉短了兩員，昨兒襄陽侯的兄弟老三來求我，現拿了一千五百兩銀子，送到我家裡。你知道，咱們都是老相與[14]，不拘怎麼

11. **黌門監**——即監生。本指在明清最高學府國子監讀書的學生，後來也可以捐錢買得。黌，古代學校名。

12. **執事**——這裡指儀仗，有時也指當差的人。

13. **內相**——本為翰林的別稱，這裡是對太監的尊稱。

14. **相與**——指交好的人。

樣，看著他爺爺的分上，胡亂應了。還剩了一個缺，誰知永興節度使馮胖子來求，要與他孩子捐，我就沒工夫應他。既是咱們的孩子要捐，快寫個履歷來。」

賈珍聽說，忙吩咐：「快命書房裡人恭敬寫了大爺的履歷來。」小廝不敢怠慢，去了一刻，便拿了一張紅紙來與賈珍。賈珍看了，忙送與戴權。戴權看時，上面寫道：

江南江寧府江寧縣監生賈蓉，年二十歲。

曾祖，原任京營節度使世襲一等神威將軍賈代化；

祖，乙卯科進士賈敬；

父，世襲三品爵威烈將軍賈珍。

戴權看了，回手便遞與一個貼身的小廝收了，說道：「回來送與戶部堂官[15]老趙，說我拜上他，起一張五品龍禁尉的票，再給個執照，就把那履歷填上，明兒我來兌銀子送去。」小

15. **堂官**——明清時稱各衙署的長官叫堂官。

廝答應了，戴權也就告辭了。

賈珍十分款留不住，只得送出府門。臨上轎，賈珍因問：「銀子還是我到部兌，還是一併送入老內相府中？」

戴權道：「若到部裡，你又吃虧了。不如平准一千二百兩銀子，送到我家就完了。」

賈珍感謝不盡，只說：「待服滿[16]後，親帶小犬到府叩謝。」於是作別。

……接著，便又聽喝道之聲，原來是忠靖侯史鼎的夫人來了。王夫人、邢夫人、鳳姐等剛迎入上房，又見錦鄉侯、川寧侯、壽山伯三家祭禮擺在靈前。少時，三人下轎，賈政等忙接上大廳。

如此親朋你來我去，也不能勝數。只這四十九日，寧國府街上一條白漫漫人來人往，花簇簇官去官來。

16.服滿—指服喪期滿。父母對嫡長子之妻服喪，為期一年。

17.恭人—古代婦女依丈夫或子孫的官職品級受封贈，明清時四品的妻子叫「恭人」。賈蓉是五品龍禁尉，秦氏本應稱「宜人」，但為了體面，舊俗可在旗旛、靈牌上將死者的品級提高一級。

18.宣壇—僧道講經作法時所設之臺。

19.冢孫—嫡長孫。

20.四大部州—印度古代傳說，稱人類所居的世界為四大部洲。

：賈珍命賈蓉次日換了吉服，領憑回來。靈前供用執事等物，俱按五品職例。靈牌、疏上皆寫「天朝誥授賈門秦氏恭人[17]之靈位」。會芳園的臨街大門洞開，旋在兩邊起了鼓樂廳，兩班青衣按時奏樂，一對對執事擺的刀斬斧齊。更有兩面朱紅銷金大字牌對豎在門外，上面大書：「防護內廷紫禁道御前侍衛龍禁尉」。

對面高起著宣壇[18]，僧道對壇榜文，榜上大書：「世襲寧國公冢孫[19]婦、防護內廷御前侍衛龍禁尉賈門秦氏恭人之喪。四大部州[20]至中之地、奉天承運太平之國，總理虛無寂靜教門僧錄司正堂萬虛、總理元始三一教門道錄司[21]正堂葉生等，敬謹修齋，朝天叩佛」，以及「恭請諸伽藍[22]、揭諦[23]、功曹[24]等神，聖恩普錫，神威遠鎮，四十九日消災洗孽平安水陸道場[25]」等語，亦不消煩記。

……※……※……※……

21. 僧錄司、道錄司——明清時代掌管全國僧道事務的最高官衙。

22. 伽藍——梵語僧伽摩藍的簡稱，意思是僧眾居住的園林、寺院。這裡指衛護園林、寺院的伽藍神。

23. 揭諦——佛教傳說中的護法猛神。

24. 功曹——道教傳說他們是值年月日時的神，掌管傳遞人間呈文給玉皇大帝。

25. 水陸道場——又叫水陸齋，簡稱水陸，是一種用誦經拜佛、施捨齋食來超度水陸二界鬼眾的佛教活動。

……只是賈珍雖然此時心意滿足，但裡面尤氏又犯了舊疾，不能料理事務，惟恐各誥命來往，虧了禮數，怕人笑話，因此心中不自在。

當下正憂慮時，因寶玉在側，問道：「事事都算安貼了，大哥哥還愁什麼？」

賈珍見問，便將裡面無人的話說了出來。

寶玉聽說笑道：「這有何難，我薦一個人與你權理這一個月的事，管必妥當。」

賈珍忙問：「是誰？」寶玉見座間還有許多親友，不便明言，走至賈珍耳邊說了兩句。賈珍聽了，喜不自禁，連忙起身笑道：「果然安貼，如今就去。」說著拉了寶玉，辭了眾人，便往上房裡來。

……※……※……※……

……可巧這日非正經日期，親友來的少，裡面不過幾位近親堂客，邢夫人、王夫人、鳳姐並合族中的內眷陪坐。有人報說：「大爺進來了。」唬得眾婆娘唿的一聲，往後藏之不迭，獨鳳姐款款站了起來。

賈珍此時也有些病症在身，二則過於悲痛了，因拄個拐踱了進來。邢夫人等因說道：「你身上不好，又連日事多，該歇歇才是，又進來做什麼？」賈珍一面扶拐，扎掙著要蹲身跪下請安道乏。

邢夫人等忙叫寶玉攙住，命人挪椅子來與他坐。賈珍斷不肯坐，因勉強陪笑道：「姪兒進來有一件事要懇求二位嬸嬸並大妹妹。」

邢夫人等忙問：「什麼事？」

賈珍忙笑道：「嬸嬸自然知道，如今孫子媳婦沒了，姪兒媳婦偏又病倒，我看裡頭著實不成個體統。怎麼屈尊大妹妹一個月，在這裡料理料理，我就放心了。」

邢夫人笑道：「原來為這個。你大妹妹現在你二嬸子家，只和你二嬸子說就是了。」

王夫人忙道：「她一個小孩子家，何曾經過這樣事？倘或料理不清，反叫人笑話。倒是再煩別人好。」

賈珍笑道：「嬸子的意思姪兒猜著了，是怕大妹妹勞苦了。若說料理不開，我包管必料理得開，便是錯一點兒，別人看著還是不錯的。從小兒大妹妹頑笑著就有殺伐決斷；如今出了閣，又在那府裡辦事，越發歷練老成了。我想了這幾日，除了大妹妹，再無人了。嬸嬸不看姪兒、姪兒媳婦的分上，只看死了的分上罷！」說著滾下淚來。

⋮王夫人心中怕的是鳳姐兒未經過喪事，怕她料理不清，惹人笑話。今見賈珍苦苦的說到這步田地，心中已活了幾分，卻又眼看著鳳姐出神。

那鳳姐素日最喜攬事辦，好賣弄才幹，雖然當家妥當，也因未辦過婚喪大事，恐人還不服，巴不得遇見這事。今日見賈珍如此一來；她心中早已歡喜。

先見王夫人不允，後見賈珍說得情真，王夫人有活動之意，便向王夫人道：「大哥哥說得這麼懇切，太太就依了罷。」

王夫人悄悄的道：「妳可能麼？」

鳳姐道：「有什麼不能的！外面的大事大哥哥已經料理清了，不過是裡頭照管照管，便是我有不知道的，問問太太就是了。」

王夫人見說得有理，便不作聲。

賈珍見鳳姐允了，又陪笑道：「也管不得許多了，橫豎要求大妹妹辛苦辛苦。我這裡先與妹妹行禮，等事完了，我再到那府裡去謝。」說著，就作揖下去，鳳姐兒還禮不迭。

……賈珍便忙向袖中取了寧國府對牌出來，命寶玉送與鳳姐。又說：「妹妹愛怎麼樣就怎樣，要什麼只管拿這個取去，也不必問我，只求別存心替我省錢，只要好看為上；二則也要同那府裡一樣待人才好，不要存心怕人抱怨。只這兩件外，我再沒不放心的了。」

鳳姐不敢就接牌，只看著王夫人。王夫人道：「妳哥哥既這麼說，妳就照看照看罷了，只是別自作主意。有了事，打發人問妳哥哥、嫂子要緊。」

寶玉早向賈珍手裡接過對牌來，強遞與鳳姐了。

又問：「妹妹還是住在這裡，還是天天來呢？若是天天來，越發辛苦了。不如我這裡趕著收拾出一個院落來，妹妹住過這幾日倒安穩。」

鳳姐笑道：「不用。那邊也離不得我，倒是天天來的好。」賈珍聽說，只得罷了。然後又說了一回閒話，方才出去。

……一時女眷散後，王夫人因問鳳姐：「妳今兒怎麼樣？」鳳姐兒道：「太太只管請回去，我須得先理出一個頭緒來，才回去得呢。」王夫人聽說，便先同邢夫人等回去，不在話下。

……這裡鳳姐兒來至三間一所抱廈內坐了，因想：頭一件是人口混雜，遺失東西；第二件，事無專執，臨期推委；第三件，需用過費，濫支冒領；第四件，任無大小，苦樂不均；第五件，家人豪縱，有臉者不服鈐束[26]，無臉者不能上進。此五件實是寧國府中風俗。不知鳳姐如何處治，且聽下回分解。

正是：

金紫萬千誰治國，裙釵一二可齊家。

26. 鈐束—約束、管制的意思。

◎第一四回◎

林如海捐館揚州城
賈寶玉路謁北靜王

……話說寧國府中都總管來升聞得裡面委請了鳳姐，因傳齊同事人等說道：「如今請了西府裡璉二奶奶管理內事，倘或她來支取東西，或是說話，我們須要比往日小心些。每日大家早來晚散，寧可辛苦這一個月，過後再歇著，不要把老臉丟了。那是個有名的烈貨，臉酸心硬，一時惱了，不認人的。」

眾人都道：「有理。」

又有一個笑道：「論理，我們裡面也須得她來整治整治，都忒不像了。」正說著，只見來旺媳婦拿了對牌來領取呈文京榜[1]紙札，票上批著數目。

眾人連忙讓坐倒茶，一面命人按數取紙來

抱著，同來旺媳婦一路來至儀門口，方交與來旺媳婦自己抱進去了。

…鳳姐即命彩明釘造簿冊。即時傳來升媳婦，兼要家口花名冊來查看，又限於明日一早，傳齊家人媳婦進來聽差等語。大概點了一點數目單冊，問了來升媳婦幾句話，便坐車回家。一宿無話。

…至次日，卯正二刻便過來了。那寧國府中婆娘媳婦聞得到齊，只見鳳姐正與來升媳婦分派，眾人不敢擅入，只在窗外聽覷。

只聽鳳姐與來升媳婦道：「既托了我，我就說不得要討妳們嫌了。我可比不得妳們奶奶好性兒，由著妳們去。再不要說『這府裡原是這樣』的話，如今可要依著我行，錯我半點

1.呈文、京榜——都是紙的名稱。**呈文紙**是一種質地較結實、價錢較便宜的紙，因含有麻質，又稱麻呈文。**京榜**是一種比較高級的榜紙，因其規格適宜於向京城銷售，故稱京榜。

兒，管不得誰是有臉的，誰是沒臉的，一例現清白處治。」說著，便吩咐彩明念花名冊，按名一個一個的喚進來看視。

……一時看完，便又吩咐道：「這二十個分作兩班，一班十個，每日在裡頭單管人來客往倒茶，別的事也不用她們管。這二十個也分作兩班，每日單管本家親戚茶飯，別的事也不用她們管。

「這四十個人也分作兩班，單在靈前上香添油，挂幔守靈，供飯供茶，隨起舉哀[2]，別的事也不與她們相干。

「四人單在內茶房收管杯碟茶器，若少一件，便叫她四個描賠[3]。這四個人單管酒飯器皿，少一件，也是她四個描賠。

「這八個單管監收祭禮。這八個單管各處燈油、蠟燭、紙札，我總支了來，交與你八個，然後按我的定數再往各處去分派。

2.隨起舉哀——這裡指分派奴僕隨同死者親眷一起號哭。

3.描賠——照原樣賠償。

「這三十個每日輪流各處上夜，照管門戶，監察火燭，打掃地方。這下剩的按著房屋分開，某人守某處，某處所有桌椅、古董起，至於痰盒、撣帚，一草一苗，或丟或壞，就和守這處的人算帳描賠。

「來升家的每日攬總查看，或有偷懶的，賭錢吃酒的，打架拌嘴的，立刻來回我。妳有徇情，經我查出，三四輩子老臉就顧不成了。如今都有定規，以後哪一行亂了，只和那一行說話。

「素日跟我的人，隨身自有鐘表，不論大小事，我是皆有一定的時辰。橫豎你們上房裡也有時辰鐘。卯正二刻我來點卯，巳正吃早飯，凡有領牌、回事的，只在午初刻。

「戌初燒過黃昏紙，我親到各處查一遍，回來上夜的交明鑰匙。第二日還是卯正二刻過來。說不得咱們大家辛苦這幾日，事完你們家大爺自然賞你們。」

……說畢，又吩咐按數發與茶葉、油燭、雞毛撣子、笤帚等物。一面又搬取傢伙：桌圍、椅搭、坐褥、氈席、痰盒、腳踏之類。一面交發，一面提筆登記，某人管某處，某人領某物，開得十分清楚。

眾人領了去，也都有了投奔，不似先時只揀便宜的做，剩下的苦差沒個招攬。各房中也不能趁亂失迷東西。便是人來客往，也都安靜了，不比先前正擺茶，又去端飯，正陪舉哀，又顧接客。

如這些無頭緒、荒亂、推托、偷閒、竊取等弊，次日一概都蠲了[4]。

……鳳姐兒見自己威重令行，心中十分得意。因見尤氏犯病，賈珍又過於悲哀，不大進飲食，自己每日從那府中煎了各色細粥，精緻小菜，命人送來勸食。賈珍也另外吩咐每日送上等

4. 蠲—減去，免除。

5. 應佛僧—專門支應佛事的和尚。

6. 開方破獄—民間習俗在人死亡後邀僧尼、道士作超度亡靈的活動。**開方**，即開度。**破獄**，即誦念《破地獄偈文》以拯救亡靈出地獄得解脫而往生。

7. 傳燈照亡—舊時認為人死後走向冥途，黑暗無邊，而佛法能破除黑暗，猶如明燈。

8. 地藏王—菩薩名，「安忍不動如大地，靜慮深密如秘藏」，故名地藏。

9. 開金橋—傳說中，善

菜到抱廈內，單與鳳姐。那鳳姐不畏勤勞，天天於卯正二刻，就過來點卯理事，獨在抱廈內起坐，不與眾妯娌合群，便有堂客來往，也不迎會。

……這日，乃五七正五日上，那應佛僧[5]正開方破獄[6]，傳燈照亡[7]，參閻君，拘都鬼，筵請地藏王[8]，開金橋[9]，引幢幡[10]；那道士們正伏章申表[11]，朝三清[12]，叩玉帝[13]；禪僧們行香，放焰口[14]，拜水懺[15]；又有十三眾尼僧，搭繡衣，靸紅鞋，在靈前默誦接引諸咒[16]，十分熱鬧。

那鳳姐必知今日人客不少，在家中歇宿一夜，至寅正，平兒便請起來梳洗。及收拾完備，更衣盥手，喝了兩口奶子糖粳米粥，漱口已畢，已是卯正二刻了。來旺媳婦率領諸人伺候已久。

鳳姐出至廳前，上了車，前面打了一對明角燈，大書「榮國

人死後鬼魂走的是金橋，為死者開金橋，使他來世能托生於福祿之地。

10. 幢幡——幢，竿頭安裝寶珠，竿身飾以錦帛的旗子。幡，一種垂直懸掛在高竿上的窄長旗子。

11. 伏章申表——道士齋醮時俯首屈身恭讀表章。章與表都是向上帝奏告的文書。

12. 朝三清——道教稱最高境界玉清、上清、太清為三清；也稱居住在其中的玉清元始天尊、上清靈寶天尊、太清太上老君三位尊神為三清。

府」三個大字，款款來至寧府大門上。只見門燈朗掛，兩邊一色戳燈[17]照如白晝，白汪汪穿孝僕從兩邊侍立。請車至正門上，小廝等退去，眾媳婦上來揭起車簾。鳳姐下了車，一手扶著豐兒，兩個媳婦執著手把燈罩，簇擁著鳳姐進來。寧府諸媳婦迎來請安接待。

鳳姐緩緩走入會芳園中登仙閣靈前，一見了棺材，那眼淚恰似斷線珍珠滾將下來。院中許多小廝垂手伺候燒紙。

鳳姐吩咐得一聲：「供茶燒紙。」

只聽得一棒鑼鳴，諸樂齊奏，早有人端過一張大圈椅來，放在靈前，鳳姐坐了，放聲大哭。於是裡外男女上下，見鳳姐出聲，都忙忙接聲嚎哭。一時，賈珍、尤氏遣人來勸，鳳姐方才止住。

……來旺媳婦獻茶漱口畢，鳳姐方起身，別過族中諸人，自入抱

13. 玉帝—即玉皇大帝，是道教所尊奉的最高天神。

14. 放焰口—和尚替喪事人家念餤口經及施捨飲食於眾鬼神，為餓鬼超度，為死者祈福的活動。餤口，據佛教傳說，地獄中的餓鬼，腹大如山，喉細似針，一切飲食到口邊即化為火炭，故稱「餤口」。

15. 拜水懺—和尚念水懺經為死者祈求免除冤孽災禍的活動。

16. 接引咒—接引死者至「極樂世界」的咒語。

17. 戳燈—又名高燈。是一種豎立在地上的燈

廈內來。按名查點，各項人數都已到齊，只有迎送親客上的一人未到。即命傳到，那人已張惶愧懼。

鳳姐冷笑道：「我說是誰誤了，原來是你！你原比他們有體面，所以才不聽我的話。」

那人道：「小的天天來得早，只有今日，醒了覺得早些，因又睡迷了，來遲了一步，求奶奶饒過這次。」正說著，只見榮國府中的王興媳婦來了，在外探頭。

……鳳姐且不發放這人，卻先問：「王興媳婦作什麼？」

王興媳婦巴不得先問她完了事，連忙進來說：「領牌取線，打車轎網絡[18]。」說著，將個帖兒遞上去。

鳳姐命彩明念道：「大轎兩頂，小轎四頂，車四輛，共用大小絡子若干根，用珠兒線若干斤。」鳳姐聽了，數目相合，便命彩明登記，取榮國府對牌擲下。王興家的去了。

籠，可插在底座上，也可扛著行走。

18. 車轎網絡——車轎上用絲線編織成的網狀裝飾品。

⋯鳳姐方欲說話時，只見榮國府四個執事人進來，都是要支取東西領牌來的。

鳳姐命彩明要了帖兒念過，聽了共四件，鳳姊因指兩件說道：「這兩件開銷錯了，再算清了來取。」說著擲下帖子來。那二人掃興而去。

⋯鳳姐因見張材家的在旁，因問道：「妳有什麼事？」張材家的忙取帖兒回說道：「就是方才車轎圍作成，領取裁縫工銀若干兩。」

鳳姐聽了，便收了帖子，命彩明登記。待王興家的交過牌，得了買辦的回押相符，然後方與張材家的去領。一面又命念那一個，是為寶玉外書房完竣，支買紙料糊裱。鳳姐聽了，即命收帖兒登記，待張材家的繳清，又發與這人去了。

…鳳姐便說道：「明兒他也睡迷了，後兒我也睡迷了，將來都沒有人了。本來要饒你，只是我頭一次寬了，下次人就難管，不如現開發的好。」

登時放下臉來，喝命：「帶出去，打二十板子！」

一面又擲下寧國府對牌：「出去說與來升，革他一月銀米！」

眾人聽了，又見鳳姐眉立，知是惱了，不敢怠慢。拖人的出去拖人，執牌傳諭的忙去傳諭。

那人身不由己，已拖出去挨了二十大板，還要進來叩謝。鳳姐道：「明日再有誤的打四十，後日的六十，有不怕打的，只管誤！」

說著，吩咐：「散了罷！」窗外眾人聽說，方各自執事去了。

彼時寧榮國兩處執事領牌交牌的，人來人往不絕，那抱愧被打之人含羞去了，這才知道鳳姐利害。眾人不敢偷閒，自此兢兢業業，執事保全，不在話下。

……※……※……※……

……如今且說寶玉因見今日人眾，恐秦鐘受了委曲，因默與他商議，要同他往鳳姐處來坐。

秦鐘道：「她的事多，況且不喜人去，咱們去了，她豈不煩膩？」

寶玉道：「她怎好膩我們，不相干，只管跟我來。」說著，便拉了秦鐘，直至抱廈。

鳳姐才吃飯，見他們來了，便笑道：「好長腿子，快上來罷。」

寶玉道：「我們偏了[19]。」

鳳姐道：「在這邊外頭吃的，還是那邊吃的？」

寶玉道：「這邊同那些渾人吃什麼！原是那邊，我們兩個同老太太吃了來的。」一面歸坐。

19. 偏了——意為占先。這裡是表示自己已經吃過了的客氣話。

…鳳姐吃畢飯，就有寧國府中的一個媳婦來領牌，支取香燈事。鳳姐笑道：「我算著妳們今兒該來支取，總不見來，想是忘了。這會子到底來取，要忘了，自然是妳們包出來，都便宜了我。」

那媳婦笑道：「何嘗不是忘了，方才想起來，再遲一步，也領不成了。」說罷，領牌而去。

…一時登記交牌。秦鐘因笑道：「你們兩府裡都是這牌，倘或別人私弄一個，支了銀子跑了，怎樣？」

鳳姐笑道：「依你說，都沒王法了？」

寶玉因道：「怎麼咱們家沒人來領牌子做東西？」

鳳姐道：「人家來領的時候，你還做夢呢！我且問你，你們這夜書多早晚才念呢？」

寶玉道：「巴不得這如今就念才好，他們只是不快收拾出書房來，這也沒法。」

鳳姐笑道：「你請我一請，包管就快了。」

寶玉道：「妳要快也不中用，他們該作到那裡的，自然就有了。」

鳳姐笑道：「便是他們作，也得要東西去，擱不住我不給對牌是難的。」

寶玉聽說，便猴[20]向鳳姐身上立刻要牌，說：「好姐姐，給出牌子來，叫他們要東西去！」

鳳姐道：「我乏得身子上生疼，還擱得住揉搓。你放心罷，今兒才領了紙裱糊去了，他們該要的還等叫去呢，可不傻了！」寶玉不信，鳳姐便叫彩明查冊子與寶玉看了。

……正鬧著，人回：「蘇州去的人昭兒來了。」鳳姐急命喚進來。昭兒打千兒請安。

鳳姐便問：「回來做什麼？」

20. 猴—形容像猴子一樣屈身攀抱。

昭兒道：「二爺打發回來的。林姑老爺是九月初三日巳時沒的。二爺帶了林姑娘同送林姑老爺的靈到蘇州，大約趕年底就回來了。二爺打發小的來報個信請安，討老太太示下，還瞧瞧奶奶家裡好，叫把大毛衣服帶幾件去。」

鳳姐道：「你見過別人了沒有？」

昭兒道：「都見過了。」說畢，連忙退去。

鳳姐向寶玉笑道：「妳林妹妹可在咱們家住長了。」

寶玉道：「了不得！想來這幾日她不知哭得怎樣呢。」說著，蹙眉長嘆。

……鳳姐見昭兒回來，因當著人未及細問賈璉，心中自是記掛，待要回去，爭奈事情繁雜，一時去了，恐有延遲失誤，惹人笑話。少不得耐到晚上回來，復令昭兒進來，細問一路平安信息。連夜打點大毛衣服，和平兒親自檢點包裹，再細細追想所需何物，一併包藏交付昭兒。

又細細吩咐昭兒：「在外好生小心服侍，不要惹你二爺生氣。時時勸他少吃酒，別勾引他認得混帳老婆，回來打折你的腿」等語。趕亂完了，天已四更將盡，總睡下又走了困，不覺又是天明雞唱，忙梳洗過寧府中來。

……那賈珍因見發引日近，親自坐車，帶了陰陽司吏，往鐵檻寺來踏看寄靈所在。又一一囑咐住持色空，好生預備新鮮陳設，多請名僧，以備接靈使用。色空忙看晚齋，賈珍也無心茶飯，因天晚不得進城，就在淨室[21]胡亂歇了一夜。

次日一早，便進城來料理出殯之事，一面又派人先往鐵檻寺，連夜另外修飾停靈之處，並廚茶等項接靈人口坐落。

……裡面鳳姐見日期在限，也預先逐細分派料理。一面又派榮府

21. 淨室——為清靜安住之所。

中車轎人從跟王夫人送殯，又顧自己送殯去占下處。

目今正值繕國公誥命亡故，王邢二夫人又去打祭送殯；西安郡王妃華誕[22]，送壽禮；鎮國公誥命生了長男，預備賀禮；又有胞兄王仁連家眷回南，一面寫家信稟叩父母並帶往之物；又有迎春染病，每日請醫服藥，看醫生啟帖[23]、症源、藥案等事，亦難盡述。

又兼發引在邇，因此忙得鳳姐茶飯也沒工夫吃得，坐臥不能清淨。剛到了寧府，榮府的人又跟到寧府；既回到榮府，寧府的人又找到榮府。

鳳姐見如此，心中倒十分歡喜，並不偷安推托，恐落人褒貶，因此日夜不暇，籌畫得十分的整肅。於是合族上下無不稱嘆者。

……這日伴宿之夕，裡面兩班小戲並耍百戲[24]的與親朋、堂客伴

22.華誕——舊時對別人生日的敬稱。

23.啟帖——陳述事情的帖子。

24.百戲——古代樂舞雜技的總稱，這裡專指雜技。

宿，尤氏猶臥於內寢，一應張羅款待，獨都是鳳姐一人周全承應。合族中雖有許多妯娌，但或有羞口的，或有羞腳的，或有不慣見人的，或有懼貴怯官的，種種之類，俱不及鳳姐舉止舒徐，言語慷慨，珍貴寬大。因此也不把眾人放在眼裡，揮霍指示，任其所為，目若無人。一夜中，燈明火彩，客送官迎，那百般熱鬧，自不用說的。至天明，吉時已到，一般六十四名青衣請靈，前面銘旌[25]上大書：「奉天洪建兆年不易之朝誥封一等寧國公冢孫婦防護內廷紫禁道御前侍衛龍禁尉享強壽[26]賈門秦氏恭人之靈柩」。一應執事陳設，皆係現趕著新做出來的，一色光艷奪目。寶珠自行未嫁女之禮外，摔喪駕靈，十分哀苦。

……那時，官客送殯的，有鎮國公牛清之孫現襲一等伯牛繼宗、理國公柳彪之孫現襲一等子柳芳、齊國公陳翼之孫世襲三品

25. 銘旌——舊時喪儀用具，絳帛粉書，上寫死者官銜、姓名，用竹竿挑起，豎在靈前右方。

26. 享強壽——強壽指國家強盛永久，轉意為壽命終於強健之年，意同「強死」。

威鎮將軍陳瑞文、治國公馬魁之孫世襲三品威遠將軍馬尚、修國公侯曉明之孫世襲一等子侯孝康；繕國公誥命亡故，故其孫石光珠守孝不曾來得。這六家與寧、榮二家，當日所稱「八公」的便是。

餘者更有南安郡王之孫、西寧郡王之孫、忠靖侯史鼎、平原侯之孫世襲二等男蔣子寧、定城侯之孫世襲二等男兼京營游擊[27]謝鯨、襄陽侯之孫世襲二等男戚建輝、景田侯之孫五城兵馬司裘良。餘者錦鄉伯公子韓奇、神武將軍公子馮紫英、陳也俊、衛若蘭等諸王孫公子，不可枚數。堂客算來，亦共有十來頂大轎，三四十頂小轎，連家下大小轎車輛，不下百十餘乘。連前面各色執事、陳設、百耍，浩浩蕩蕩，一帶擺三四里遠。

……走不多時，路旁彩棚高搭，設席張筵，和音奏樂，俱是各家

27. 游擊——官名，游擊將軍的簡稱。

路祭[28]：第一座是東平王府祭棚，第二座是南安郡王祭棚，第三座是西寧郡王，第四座是北靜郡王的。

原來這四王，當日惟北靜王功高，及今子孫猶襲王爵。現今北靜王水溶年未弱冠[29]，生得形容秀美，情性謙和。近聞寧國公冢孫婦告殂，因想當日彼此祖父相與之情，同難同榮，未以異姓相視，因此不以王位自居。

上日也曾探喪上祭，如今又設路奠，命麾下[30]各官在此伺候。自己五更入朝，公事一畢，便換了素服，坐大轎鳴鑼張傘而來，至棚前落轎。手下各官兩旁擁侍，軍民人眾不得往還。

……一時只見寧府大殯浩浩蕩蕩、壓地銀山一般，從北而至。早有寧府開路傳事人看見，連忙回去報與賈珍。賈珍急命前面駐紮，同賈赦、賈政三人連忙迎來，以國禮相見。水溶在轎內欠身含笑答禮，仍以世交稱呼接待，並不妄自尊大。

28. 路祭——舊日出殯時，親友在靈柩經過的路上設供致祭。

29. 弱冠——古時男子二十歲行加冠禮，表示成年，但還未發育健全，故稱「弱冠」。

30. 麾下——部下。

賈珍道：「犬婦之喪，累蒙郡駕下臨，蔭生[31]輩何以克當！」水溶笑道：「世交之誼，何出此言。」遂回頭命長府官[32]主祭代奠。賈赦等一旁還禮畢，復身又來謝恩。

……水溶十分謙遜，因問賈政道：「哪一位是銜玉而誕者？幾次要見一見，都為雜冗所阻。想今日是來的，何不請來一會？」賈政聽說，忙回去，急命寶玉脫去孝服，領他前來。那寶玉素日就曾聽得父兄親友人等說閒話時，常讚水溶是個賢王，且生得才貌雙全，風流瀟洒，每不以官俗國體所縛。每思相會，只是父親拘束嚴密，無由得會，今見反來叫他，自是歡喜。一面走，一面早瞥見那水溶坐在轎內，好個儀表人材。不知近看時又是怎樣，且聽下回分解。

31. **蔭生**──明清時代依靠先輩的餘蔭而取得監生資格的人叫「蔭生」。

32. **長府官**──此指王府的長史，統帥府屬官員，總管全府事務。

◎第一五回◎

王鳳姐弄權鐵檻寺
秦鯨卿得趣饅頭庵

……話說寶玉舉目見北靜郡王水溶頭上戴著潔白簪纓銀翅王帽，穿著江牙海水五爪坐龍白蟒袍，繫著碧玉紅鞓[1]帶，面如美玉，目似明星，真好秀麗人物。寶玉忙搶上來參見，水溶連忙從轎內伸出手來挽住。

見寶玉戴著束髮銀冠，勒著雙龍出海抹額，穿著白蟒箭袖，圍著攢珠銀帶，面若春花，目如點漆。水溶笑道：「名不虛傳，果然如『寶』似『玉』。」因問：「銜的那寶貝在哪裡？」

寶玉見問，連忙從衣內取了遞與過去。水溶細細的看了，又念了那上頭的字，因問：「果靈驗否？」賈政忙道：「雖如此說，只是未曾試過。」水溶一面極口稱奇道異，一面理好彩綵，親自與寶玉帶上，又攜手問寶玉幾歲，讀何書。寶玉一一的答應。

……水溶見他語言清楚，談吐有致，一面又向賈政笑道：「令郎真乃龍駒鳳雛，非小王在世翁前唐突，將來『雛鳳清於老鳳聲』[2]，未可量也。」

賈政忙陪笑道：「犬子豈敢謬承金獎。賴藩郡餘禎[3]，果如是言，亦蔭生輩之幸矣。」

水溶又道：「只是一件，令郎如是資質，想老太夫人、夫人輩自然鍾愛極矣；但吾輩後生，甚不宜鍾溺，鍾溺則未免荒失學業。昔小王曾蹈此轍，想令郎亦未必不如是也。若令郎在家難以用功，不妨常到寒第。小王雖不才，卻多蒙海上眾名士凡至都者，未有不另垂青目[4]，是以寒第高人頗聚。令郎

1. 鞓（音聽）——皮革製成的帶子。

2. 雛鳳清於老鳳聲——比喻兒子將勝過父親。

3. 賴藩郡餘禎——猶言「托郡王的福」。禎，吉祥。

4. 垂青目——也作「垂青」，意指用青眼（正眼）看人，表示尊重、看得起。

常去談會談會，則學問可以日進矣。」賈政忙躬身答應。

…水溶又將腕上一串念珠卸了下來，遞與寶玉道：「今日初會，倉促竟無敬賀之物，此係前日聖上親賜鶺鴒香念珠一串，權為賀敬之禮。」寶玉連忙接了，回身奉與賈政。賈政與寶玉一齊謝過。於是賈赦、賈珍等一齊上來請回輿。水溶道：「逝者已登仙界，非碌碌你我塵寰中之人也。小王雖上叨天恩，虛邀郡襲，豈可越仙輀[5]而進也！」賈赦等見執意不從，只得告辭謝恩回來，命手下掩樂停音，滔滔然將殯過完，方讓水溶回輿去了。不在話下。

※…………※…………※

…且說寧府送殯，一路熱鬧非常。剛至城門前，又有賈赦、賈政、賈珍等諸同僚屬下各家祭棚接祭，一一的謝過，然後出

5. 輀（音而）——古時載運靈柩的車子。

城，竟奔鐵檻寺大路行來。彼時賈珍帶賈蓉來到諸長輩前，讓坐轎上馬，因而賈赦一輩的各自上了車轎，賈珍一輩的也將要上馬。

鳳姐因記掛著寶玉，怕他在郊外縱性逞強，不服家人的話，賈政管不著這些小事，惟恐有個失閃，難見賈母，因此便命小廝來喚他。寶玉只得來到她的車前。

鳳姐笑道：「好兄弟，你是個尊貴人，女孩兒一樣的人品，別學他們猴在馬上。下來，咱們姐兒兩個坐車，豈不好？」

寶玉聽說，忙下了馬，爬入鳳姐車上，二人說笑前進。

……不一時，只見從那邊兩騎馬壓地飛來，離鳳姐車不遠，一齊躥下來，扶車回說：「這裡有下處，奶奶請歇更衣。」

鳳姐急命請邢夫人王夫人的示下，那人回來說：「太太們說不用歇了，叫奶奶自便罷。」鳳姐聽了，便命歇歇再走。

眾小廝聽了，一帶轅馬，岔出人群，往北飛走。寶玉在車內急命請秦相公。那時，秦鐘正騎馬隨著他父親的轎，忽見寶玉的小廝跑來，請他去打尖。

秦鐘看時，只見鳳姐的車往北而去，後面拉著寶玉的馬，搭著鞍籠，便知寶玉同鳳姐坐車，自己也便帶馬趕上來，同入一莊門內。

早有家人將眾莊漢攆盡。那莊農人家無多房舍，婆娘們無處迴避，只得由她們去了。那些村姑莊婦見了鳳姐、寶玉、秦鐘的人品衣服，禮數款段[6]，豈有不愛看的。

……一時鳳姐進入茅堂，因命寶玉等先出去頑頑。寶玉等會意，因同秦鐘出來，帶著小廝們各處遊頑。凡莊農動用之物，皆不曾見過。寶玉一見了鍬、钁、鋤、犁等物，皆以為奇，不知何項所使，其名為何。小廝在旁一一的告訴了名色，說明原

6. 款段——形容儀態舉止從容舒緩的樣子。

委。

寶玉聽了，因點頭嘆道：「怪道古人詩上說，『誰知盤中餐，粒粒皆辛苦』，正為此也。」

一面說，一面又至一間房前，只見炕上有個紡車，寶玉又問小廝們：「這又是什麼？」小廝們又告訴他原委。寶玉聽說，便上來擰轉作耍，自為有趣。

只見一個約有十七八歲的村莊丫頭跑了來亂嚷：「別動壞了！」眾小廝忙斷喝攔阻。

寶玉忙丟開手，陪笑說道：「我因為沒見過這個，所以試它一試。」

那丫頭道：「你們哪裡會弄這個！站開了，我紡與你瞧。」

秦鐘暗拉寶玉笑道：「此卿大有意趣。」

寶玉一把推開，笑道：「該死的！再胡說，我就打了。」說著，只見那丫頭紡起線來。寶玉正要說話時，只聽那邊老婆子叫道：「二丫頭，快過來！」那丫頭聽見，丟下紡車，一逕去了。

……寶玉悵然無趣。只見鳳姐打發人來叫他兩個進去。鳳姐洗了手，換衣服，抖灰土，問他們換不換。寶玉不換，只得罷了。

家下僕婦們將帶著行路的茶壺、茶杯、十錦屜盒、各樣小食端來，鳳姐等吃過茶，待她們收拾完備，便起身上車。外面旺兒預備下賞封，賞了本村主人。莊婦等來叩賞。鳳姐並不在意，寶玉卻留心看時，內中並無二丫頭。一時上了車，出來走不多遠，只見迎頭二丫頭懷裡抱著她小兄弟，同著幾個小女孩子說笑而來。

寶玉恨不得下車跟了她去，料是眾人不依的，少不得以目相送，爭奈車輕馬快，一時展眼無蹤。

……走不多時，仍又跟上大殯了。早有前面法鼓金鐃，幢幡寶蓋，鐵檻寺接靈眾僧齊至。少時到入寺中，另演佛事，重設香壇。安靈於內殿偏室之中，寶珠安於裡寢室相伴。

外面賈珍款待一應親友，也有擾飯的，也有不吃飯而辭的，一應謝過乏，從公侯伯子男一起一起的散去，至未末時分方散盡了。

裡面的堂客，皆是鳳姐張羅接待，先從顯官誥命散起，也到晌午大錯[7]時方散盡了。只有幾個親戚是至近的，等做過三日安靈道場方去。那時邢、王二夫人知鳳姐必不能來家，也便就要進城。王夫人要帶寶玉去，寶玉乍到郊外，哪裡肯回去，只要跟鳳姐住著。王夫人無法，只得交與鳳姐便回來了。

……原來這鐵檻寺原是寧榮二公當日修造，現今還是有香火地畝

7. **晌午大錯**——正午已過很久的意思。

布施[8]，以備京中老了[9]人口，在此便宜寄放。其中陰陽兩宅[10]俱已預備妥貼，好為送靈人口寄居。

不想如今後輩人口繁盛，其中貧富不一，或性情參商，有那家業艱難安分的，便住在這裡了；有那尚排場有錢勢的，只說這裡不方便，一定另外或村莊或尼庵尋個下處，為事畢宴退之所。

即今秦氏之喪，族中諸人皆權在鐵檻寺下榻，獨有鳳姐嫌不方便，因而早遣人來和饅頭庵的姑子淨虛說了，騰出兩間房子來作下處。

……原來這饅頭庵就是水月寺，因它廟裡做的饅頭好，就起了這個渾號，離鐵檻寺不遠。當下和尚功課已完，奠過晚茶，賈珍便命賈蓉請鳳姐歇息。鳳姐見還有幾個妯娌陪著女親，自己便辭了眾人，帶了寶玉、秦鐘往水月庵來。

8. 香火地畝布施—施捨地畝給寺廟，收入作為香火之費。

9. 老了—即「死了」，舊俗忌諱說「死」字，故用「老」字代替。

10. 陰陽兩宅—舊說埋葬死人的墓地或寄放靈柩之處叫「陰宅」，活人居住的地方叫「陽宅」。

原來秦業年邁多病，不能在此，只命秦鐘等待安靈罷了。那秦鐘便只跟著鳳姐、寶玉，一時到了水月庵，淨虛帶領智善、智能兩個徒弟出來迎接，大家見過。

鳳姐等來至淨室、更衣淨手畢，因見智能兒越發長高了，模樣兒越發出息了，因說道：「妳們師徒怎麼這些日子也不往我們那裡去？」

淨虛道：「可是。這幾天都沒工夫，因胡老爺府裡產了公子，太太送了十兩銀子來這裡，叫請幾位師父念三日《血盆經》[11]，忙得沒個空兒，就沒來請奶奶的安。」

……不言老尼陪著鳳姐。且說秦鐘、寶玉二人正在殿上頑耍，因見智能過來，寶玉笑道：「能兒來了。」

秦鐘道：「理那東西作什麼？」

寶玉笑道：「你別弄鬼，那一日在老太太屋裡，一個人沒有，

11.《血盆經》——佛經名，全稱是《目蓮正教血盆經》。舊時認為婦女產後出血不吉利，要請僧眾念經祈福消災。

你摟著她作什麼？這會子還哄我。」

秦鐘笑道：「這可是沒有的話。」

寶玉笑道：「有沒有也不管你，你只叫住她倒碗茶來我吃，就丟開手。」

秦鐘笑道：「這又奇了，你叫她倒去，還怕她不倒？何必要我說呢。」

寶玉道：「我叫她倒的是無情意的，不及你叫她倒的是有情意的。」

秦鐘只得說道：「能兒，倒碗茶來給我。」

那智能兒自幼在榮府走動，無人不識，因常與寶玉、秦鐘玩耍。她如今大了，漸知風月，便看上了秦鐘人物風流，那秦鐘也極愛她姸媚，二人雖未上手，卻已情投意合了。今智能見了秦鐘，心眼俱開，走去倒了茶來。

秦鐘笑說：「給我。」

寶玉叫：「給我！」

智能兒抿嘴笑道：「一碗茶也來爭，我難道手裡有蜜！」

寶玉先搶得了吃著，方要問話，只見智善來叫智能去擺茶碟子。一時來請他兩個去吃茶果點心。他兩個哪裡吃這些東西，坐一坐，仍出來頑笑。

……鳳姐也略坐片時，便回至淨室歇息，老尼相送。此時，眾婆娘媳婦見無事，都陸續散了，自去歇息，跟前不過幾個心腹常侍小婢。

老尼便趁機說道：「我正有一事，要到府裡求太太，先請奶奶一個示下。」

鳳姐因問何事。老尼道：「阿彌陀佛！只因當日我先在長安縣內善才庵內出家的時節，那時有個施主姓張，是大財主。他有個女兒小名金哥，那年都往我廟裡來進香，不想遇見了長安府府太爺的小舅子李衙內[12]。那李衙內一心看上，要娶金哥，打發人來求親，不想金哥已受了原任長安守備[13]的公子的聘定。「張家若退親，又怕守備不依，因此說已有了人家。誰知李公子執意不依，定要娶他女兒，張家正無計策，兩處為難。不想守備家聽了此信，也不管青紅皂白，便來作踐辱罵，說一個女兒許幾家，偏不許退定禮，就要打官司告狀起來。「那張家急了，只得著人上京來尋門路，賭氣偏要退定禮。我想如今長安節度雲老爺與府上最契，可以求太太與老爺說聲，打發一封書去，求雲老爺和那守備說一聲，不怕那守備不依。若是肯行，張家連傾家孝順也都情願。」

……鳳姐聽了笑道：「這事倒不大，只是太太再不管這樣的事。」

12. **衙內**——唐代藩鎮於所居州城之內又築小城一重，做為節度使的治所，前為辦公之地，後為私第，稱做「牙城」。五代及宋代，藩鎮多用自己的子弟充當牙內指揮使，後遂稱貴官子弟為「衙內」。

13. **守備**——明清所置官名，掌管分守城堡或營務糧餉等事。

老尼道：「太太不管，奶奶也可以主張了。」

鳳姐聽說笑道：「我也不等銀子使，也不做這樣的事。」

淨虛聽了，打去妄想，半晌嘆道：「雖如此說，只是張家已知我來求府裡，如今不管這事，張家不知道沒工夫管這事，不希罕他的謝禮，倒像府裡連這點子手段也沒有的一般。」

……鳳姐聽了這話，便發了興頭，說道：「妳是素日知道我的，從來不信什麼是陰司地獄報應的，憑是什麼事，我說要行就行。妳叫他拿三千兩銀子來，我就替他出這口氣。」

老尼聽說，喜不自盡，忙說：「有，有，有！這個不難。」

鳳姐又道：「我比不得他們扯篷拉縴的圖銀子。這三千銀子，不過是給打發說去的小廝做盤纏，使他賺幾個辛苦錢，我一個錢也不要他的。便是三萬兩，我此刻還拿得出來。」

老尼連忙答應，又說道：「既如此，奶奶明日就開恩也罷了。」

鳳姐道：「妳瞧瞧我忙的，哪一處少了我？既應了妳，自然快快的了結。」

老尼道：「這點子事，在別人跟前就忙得不知怎麼樣，若是奶奶跟前，再添上些也不夠奶奶一發揮的。只是俗語說的，『能者多勞』，太太因大小事見奶奶妥貼，越性都推給奶奶了，奶奶也要保重金體才是。」一路話奉承得鳳姐越發受用了，也不顧勞乏，更攀談起來。

……誰想秦鐘趁黑無人，來尋智能。剛至後面房中，只見智能獨在房中洗茶碗，秦鐘跑來便摟著親嘴。

智能急得跺腳說：「這算什麼呢！再這麼，我就叫喚了。」

秦鐘求道：「好人，我已急死了。妳今兒再不依，我就死在這裡。」

智能道：「你想怎樣？除非等我出了這牢坑，離了這些人，才依你。」

秦鐘道：「這也容易，只是遠水救不得近渴。」說著，一口吹了燈，滿屋漆黑，將智能抱在炕上就雲雨起來。那智能百般掙挫不起，又不好叫的，少不得依他了。

正在得趣，只見一人進來，將他二人按住，也不則聲。二人不知是誰，唬得不敢動一動。只聽那人嗤的一聲，掌不住笑了，二人聽聲，方知是寶玉。

秦鐘連忙起來，抱怨道：「這算什麼？」

寶玉笑道：「你倒不依，咱們就叫喊起來。」羞得智能趁黑地跑了。

寶玉拉了秦鐘出來道：「你可還和我強？」

秦鐘笑道：「好人，你只別嚷得眾人知道，你要怎樣我都依你。」

寶玉笑道：「這會子也不用說，等一會睡下，再細細的算賬。」

一時寬衣安歇的時節，鳳姐在裡間，秦鐘、寶玉在外間，滿地下皆是家下婆子，打鋪坐更。鳳姐因怕通靈玉失落，便等寶玉睡下，命人拿來塞在自己枕邊。寶玉不知與秦鐘算何帳目，未見真切，未曾記得，此係疑案，不敢纂創。

……一宿無話。至次日一早，便有賈母、王夫人打發了人來看寶玉，又命多穿兩件衣服，無事寧可回去。寶玉那裡肯回去，又有秦鐘戀著智能，調唆寶玉求鳳姐再住一天。

鳳姐想了一想：凡喪儀大事雖妥，還有一半點小事未曾安插，可以指此再住一日，豈不又在賈珍跟前送了滿情；二則又可以完淨虛那事；三則順了寶玉的心，賈母聽見，豈不歡喜？

因有此三益，便向寶玉道：「我的事都完了，你要在這裡逛，少不得越性辛苦一日罷了，明兒可是定要走的了。」

寶玉聽說，千姐姐萬姐姐的央求：「只住一天，明日必回去的。」於是又住了一夜。

……鳳姐便命悄悄將昨日老尼之事，說與來旺兒。來旺兒心中俱已明白，急忙進城找著主文的相公，假托賈璉所囑，修書一封，連夜往長安縣來，不過百里路程，兩日工夫俱已妥協。那節度使名喚雲光，久欠賈府之情，這一點小事，豈有不允之理，給了回書，旺兒回來。且不在話下。

……卻說鳳姐等又過了一日，次日方別了老尼，著她三日後往府裡去討信。那秦鐘與智能百般不忍分離，背地裡多少幽期密約，俱不用細述，只得含淚而別。鳳姐又到鐵檻寺中照望一番。寶珠執意不肯回家，賈珍只得派婦女相伴。後回再見。

國家圖書館出版品預行編目(CIP)資料

紅樓夢/孫家琦編輯. — 第一版.
— 新北市 : 人人, 2015.04
冊 ; 公分. —(人人文庫)
ISBN 978-986-5903-85-5(卷1:平裝).
857.49 104005348

【人人文庫】

紅樓夢

卷1

第一回至第一五回

題字・篆刻 / 羅時僖
書系編輯 / 孫家琦
書籍裝幀 / 楊美智
發行人 / 周元白
出版者 / 人人出版股份有限公司
地址 / 23145新北市新店區寶橋路235巷6弄6號7樓
電話 / (02)2918-3366(代表號)
傳真 / (02)2914-0000
網址 / www.jjp.com.tw
郵政劃撥帳號 / 16402311人人出版股份有限公司
製版印刷 / 長城製版印刷股份有限公司
電話 / (02)2918-3366(代表號)
經銷商 / 聯合發行股份有限公司
電話 / (02)2917-8022
第一版第一刷 / 2015年4月
定價 / 新台幣**200**元

※本書內頁紙張採敦榮紙業進口日本王子58g文庫紙